中华先锋人物
故事汇

卓嘎
雪域边陲的格桑花

ZHUOGA
XUEYU BIANCHUI DE GESANGHUA

谢倩霓 著

党建读物出版社　接力出版社

图书在版编目（CIP）数据

卓嘎：雪域边陲的格桑花 / 谢倩霓著. —南宁：接力出版社；北京：党建读物出版社，2024.6

（中华人物故事汇. 中华先锋人物故事汇）

ISBN 978-7-5448-8524-9

Ⅰ.①卓… Ⅱ.①谢… Ⅲ.①传记小说–中国–当代 Ⅳ.①I247.5

中国国家版本馆CIP数据核字（2024）第056857号

卓嘎——雪域边陲的格桑花
谢倩霓　著

责任编辑：刘笑开　宋国静
责任校对：刘会乔　李姝依
装帧设计：严　冬　　美术编辑：高春雷
出版发行：党建读物出版社　接力出版社
地　　址：北京市西城区西长安街80号东楼（邮编：100815）
　　　　　广西南宁市园湖南路9号（邮编：530022）
网　　址：http://www.djcb71.com　　http://www.jielibj.com
电　　话：010-65547970/7621
经　　销：新华书店
印　　刷：北京科信印刷有限公司
2024年6月第1版　2024年6月第1次印刷
787毫米×1092毫米　32开本　4.625印张　68千字
印数：00 001—10 000册　定价：25.00元

版权所有　侵权必究

质量服务承诺：如发现缺页、错页、倒装等印装质量问题，可直接联系本社调换。
服务电话：010-65545440

目 录

写给小读者的话 …………… 1

神勇的阿爸 ………………… 1

翻山越岭搬救兵 …………… 7

搬出去,搬回来 …………… 11

亲爱的牛儿 ………………… 21

五颗星星的旗子 …………… 29

跟着阿爸去巡边 …………… 37

悲伤的日子 ………………… 47

亲爱的小妹妹啊 …………… 55

"三人乡" …………………… 59

特殊的记号 ………………… 65

接过阿爸的担子·················71

信使"飞"进山里来············81

又到放牧巡边季················91

深山里的琅琅书声············97

新的玉麦守边人···············105

飞向北京城的雪域之音·······111

站在天安门广场上············119

人民的代表····················125

最美的图画····················129

写给小读者的话

亲爱的小读者们，你们熟悉我们祖国的地图吗？在祖国地图的西南方位，有一块很大很大的区域，约占全国总面积的八分之一，这就是位于"世界屋脊"青藏高原之上，平均海拔在四千米以上的西藏自治区。西藏自治区位于祖国的西南部，与缅甸、不丹、印度、尼泊尔、克什米尔等国家和地区接壤。

在藏南地区与印度接壤的地方曾爆发过中印边境自卫反击战。就在这次战争爆发的前后，我们本书的主人公卓嘎和她的妹妹央宗，出生在中印边境一个叫"玉麦乡"的地方。

玉麦，这是一个多么美丽的名字。琼楼玉宇，麦香遍野，这是"玉麦"两个字带给人们的最初联想。可真正的玉麦，既没有玉宇，也没有麦香。它位于喜马拉雅山脉南麓的一个山窝窝里，四面被几座高达五千多米的巨山环绕，平均海拔约三千六百米，一年中，有半年多的时间被大雪覆盖，小半年被雨雾笼罩。这里是一个有着原始森林，覆盖着绿油油的丰美水草，却完全不生长小麦、玉米、青稞等农作物的神奇地方。

在二十世纪八九十年代，长达十多年的时间里，这片有三千多平方公里的土地一直只有卓嘎、央宗两姐妹和她们的阿爸桑杰曲巴在此居住，玉麦乡因此被称为"三人乡"。他们挥动着牛鞭，驱赶着牛群，高举着桑杰曲巴老人亲手缝制的五星红旗，翻越高山，蹚过溪水，一边放牧，一边巡边，牢牢地守卫着自己的家园。

"家是玉麦，国是中国"，守住了自己的家园，就是守卫了国家的神圣领土。

接下来，就让我们掀开历史的帷幔，去看看祖国西南边陲那片广袤而神奇的土地和那些像钉子一样牢牢守护在那里的雪域守边人吧！

神勇的阿爸

玉麦在哪里?

玉麦只是一个行政乡,隶属于西藏自治区山南市隆子县,地处喜马拉雅山南麓。虽然只是一个乡,它的面积却非常辽阔,纵横三千多平方公里。这里有高高的雪山和奔腾的瀑布,还有遮天蔽日的原始森林和辽远壮阔的丰美草场,孕育了一代又一代勤劳勇敢的牧民。

我们这本书的主人公卓嘎就出生在这个美丽而神奇的地方。

要讲述卓嘎的故事,就要先讲讲卓嘎的阿爸桑杰曲巴的故事。

桑杰曲巴生在玉麦,长在玉麦,玉麦就是他

名副其实的家乡。

玉麦自古就属于西藏，西藏自古就是中国的领土。可是，在二十世纪初，英帝国主义为侵略中国西藏炮制了所谓的"中印东段边界线"（即"麦克马洪线"），企图将历来属于中国九万平方公里的地区划归当时英国统治的印度。历届中国政府从未批准或承认该线，并且曾多次就英国和独立后的印度对该线以南地区的逐步入侵向英国和后来的印度政府提出抗议，所谓的"麦克马洪线"是非法的、无效的，对中国无任何约束力。玉麦正处于这片地区的前沿地带。印军有事没事，总想往这里窥视，有时还会没事找事，在这里非法设立关卡，检查过往行人，恐吓当地牧民。

桑杰曲巴的阿爸，也就是卓嘎的爷爷，是当地一位很有声望的药师，也是一位曾与印军当面对抗过的刚强汉子。当年印军每次做记号要抢占玉麦时，他就带领村里的青壮年与印军针锋相对，把他们的记号毁掉，把我们的土地重新抢回来。

他教给了桑杰曲巴读写藏文和很多文化知识，也告诉年轻的桑杰曲巴，玉麦自古就是他们的家乡，是中国的领土，容不得外人觊觎。桑杰曲巴牢牢地记住了阿爸的话。

一九六〇年，玉麦设立了行政乡，有知识有文化的桑杰曲巴成为玉麦乡的第一任乡长。

那个时候的玉麦乡住有二十多户人家，主要靠放牧为生。这里没有通向外界的公路，只有放牧人踩出来的羊肠小道。因为大雪封山一封就是半年，所以玉麦乡的牧民们要赶在大雪封山前，用牛马驮上他们的酥油、奶渣和一些自编的竹制品，翻越海拔五千米以上的日拉山，到北边的扎日乡曲松村去换够吃半年多的粮食、盐巴和火柴等生活必需品，再带回家。

在玉麦的生活，艰苦又寂寞。

陆陆续续地，有些人家搬离了玉麦，搬到了山外生活方便的地方。

桑杰曲巴没有离开，玉麦是他的家啊！如果大家都离开了，这里将会变成无人区，那整块土地就容易被别人侵占！

作为一乡之长，桑杰曲巴带领剩下的牧民，一边放牧，一边巡边，在玉麦辽阔绵长的牧场和山头上，留下了他们守护家园的脚印。

一九六一年九月，一个小小的婴儿啼哭着来到了人世间，从此玉麦这片土地又多了一个守护它的孩子，这个婴儿就是我们本书的主人公卓嘎。卓嘎是家里的第二个孩子，她有一个哥哥，名叫贡觉扎西。家庭里第一个女孩的出生，给桑杰曲巴一家带来了莫大的欢乐和希望。

可是，一声枪响，打破了生活的宁静。

由于印军不断地骚扰和挑衅，并连续进攻我国边防部队，侵占我国领土，挑起流血事件，一九六二年十月，我国边防部队忍无可忍，被迫进行自卫反击，史称中印边境自卫反击战。

玉麦位于战争地带前沿，得知战斗已经打响的消息，桑杰曲巴心急如焚。这里山高路远，人烟稀少，不通公路，大部队进到这里来打仗，要克服高原缺氧的困难，而弹药和生活物资的供给与运输更是充满着无法想象的困难。作为玉麦当地人，作为一乡之长，作为当地唯一的民兵，桑杰曲巴必须站出来，带领大家做一些力所能及的事情。

桑杰曲巴召集了所有的村民，对大家进行了支援前线动员。他动情地说："玉麦是我们的家园，是我们祖祖辈辈居住的地方，不容外人侵犯！现在，为保卫我们的家乡，我们的金珠玛米已在前线打仗，我们应该有人的出人，有粮食的出粮食，有力气的出力气，共同支援前线的战士，我们的金珠玛米！"藏语"金珠玛米"是西藏群众对中国人民解放军的亲切称呼。

在桑杰曲巴的动员和积极带动下，乡里的青壮年牧民迅速组成了支前队伍，大家有的拿出家里珍藏的糌粑和炒青稞，有的拿出自家产的酥油和奶渣，还有的带上了家里仅有的一点儿钱。桑杰曲巴从家里牵出两匹马和几头牦牛，让大家把东西装在马背和牛背上。他们带着全乡人的嘱托，准备出发去前线。

这个时候，卓嘎才刚刚一岁，正在牙牙学语，刚刚能跌跌撞撞地走路。卓嘎的妹妹央宗还没出生，正在阿妈扎西的肚子里。

阿妈扎西挺着大肚子，牵着卓嘎来给阿爸桑杰曲巴送行。

卓嘎不知道阿爸要去干什么，她揪住家里那头大牦牛的尾巴,不希望阿爸和牦牛离开自己。

阿爸抱了抱卓嘎,跟妻子挥挥手,请她照顾好家里的老人和小孩,便带着支前队伍义无反顾地出发了。

这次自卫反击作战持续了一个月,我军大获全胜。

在这次作战中,和桑杰曲巴一样,全西藏有五万余名民兵和民工参加了支前队伍,为我们的部队送上了珍贵的给养,为保证作战胜利做出了重大贡献。

年龄稍长一点儿后,卓嘎最爱听的就是阿爸带领乡亲们支前的故事。在小卓嘎的眼里,阿爸不仅仅是一个赶着牛群到处放牧的牧民,他更是一个保家卫国的大英雄!

翻山越岭搬救兵

自卫反击作战结束后,桑杰曲巴回到了玉麦。生活恢复了一段时间的平静。

桑杰曲巴驱赶着自家庞大的牛群,辗转于靠近边境的几块水草丰美的牧场。看着牛儿们迅速长膘,他心里非常高兴,家里马上又要添一张小嘴,这些牛儿可是家里一切生活的保障呢!

村里的其他牧民家也各自有一大群牛。这些牛散布在玉麦大大小小的高山牧场上,远远望去,就像一颗颗黑珍珠和白珍珠点缀在绿莹莹的翡翠之间,真是漂亮极了!

然而,这样悠闲惬意的生活景象并没能维持多久。印军并没有因为上次的战败而有所收敛,他们继续用各种方式骚扰我们边境一带的居民。

有一天，在高高的日拉山上巡山时，桑杰曲巴遇上了一群印度兵。

这群背着枪的印度兵是坐着直升机空降到这里的，他们竟然直接跑到玉麦的土地上来了！

更过分的是，他们还在日拉山山口非法设立"关卡"，盘查并恐吓过往的群众。

印度兵看见了桑杰曲巴，便瞪起眼睛，凶神恶煞地说："你一个人在这里晃什么晃？赶紧离开，离得远远的！不听话，我们会枪杀你全家！"

桑杰曲巴气坏了，在摆脱了印度兵的盘问和纠缠后，他赶紧跑回村里，把情况向家里人和村民们交代了一番。安顿好妻子扎西和孩子们后，他带上一点儿干粮，立刻动身前往扎日乡。

扎日乡驻扎着我们自己的部队，桑杰曲巴要把印度兵的情况尽快地报告给我们的部队，好让部队赶紧采取措施。

在二十世纪六十年代，玉麦没有先进的通信工具，与外界联系只能靠人的两条腿和一张嘴。

到扎日乡，要翻越高高的雪山，穿越原始森林和沼泽地，加上雨天路滑，雾气浓重，徒步行走非常艰难，一般人往往要走上六七天的时间。桑杰曲巴克服种种困难，遇山翻山，遇水涉水，用最快的速度行进。三天三夜后，他终于到达了扎日乡。

接到桑杰曲巴带过来的消息，驻扎部队的首长高度重视，立刻部署队伍赶到玉麦，对印度兵进行了驱赶。

桑杰曲巴顾不上连续几天赶路的疲劳，一鼓作气地爬上日拉山的山顶，狠狠地拔掉了印军非法插在那里的一面印度国旗。他把这面旗子带回村里，当着全村人的面，烧毁了它。

通过这件事情，桑杰曲巴更加意识到放牧守边的重要性。在这里生活，在这里放牧；让我们的牛群走遍这里的山山水水，让我们的炊烟在玉麦圣洁的天空飘荡，让我们的足迹留在这里的每一片草地和森林中，就是对我们领土主权最好的宣示，就是对我们的家园最好的守护。

那个时候，小小年纪的卓嘎和妹妹央宗并不明白阿爸的举动。她们不明白阿爸为什么要把家里的牛赶到那么远的地方去放牧，不明白阿爸为什么总是几天几夜回不了家，不明白阿爸说起一些事情的时候为什么会那么激动和生气。随着她们一天天长大，阿爸的一言一行逐渐在她们的心里产生了深深的影响。不知不觉间，姐妹俩跟着阿爸的指引，也走上了这条特别的放牧巡边之路……

搬出去，搬回来

在玉麦，一年只有两个季节，大雪覆盖的雪季和无休无止下雨的雨季。由于一年有二百六十多天的雨雪天气，这里常年云雾缭绕，原始森林遮天蔽日，松萝挂在树枝上随风飘荡，一眼望去，真如仙境一般。因为这种特殊的气候，这里的青稞只长苗不结籽，土豆最多只能长到拇指大小，羊蹄子也会因为雨水过多而被泡坏，所以这里的牧民只养牦牛和犏牛，几乎不养羊。

每年的十一月到次年的五月，是玉麦的冬季。坐落在山坳里的玉麦村被巍巍雪山围困，山上到处覆盖着齐人高的雪。村民在这半年多的时间里出不去，当然外面的人也进不来。

在大雪封山之前，阿爸桑杰曲巴会牵着马，驮着阿妈扎西做的酥油和奶渣，翻越高高的日拉山，到北边的扎日乡曲松村，换回一家人大半年所需的青稞、土豆等粮食。有时，阿爸还会给家里的孩子们买一点儿做衣服的布料，以及一些甜津津的糖果。

和玉麦乡一样，扎日乡曲松村也属于喜马拉雅地貌，但因为隔了一座大山，气候就有了很大的不同。曲松村太阳光辐射强烈，日照时间长，昼夜温差大，再加上充沛的雨水，青稞、小麦、土豆、油菜等农作物都生长得非常好。

一九六三年的一天，突然传来了一个天大的好消息：当地政府考虑到玉麦的群众生活太艰苦，加上边境很不安定，像上次印度兵骚扰恐吓当地牧民那样的一些意外事件可能还会发生，于是决定把玉麦乡的牧民全部搬迁到日拉山的另一侧，即地理条件相对较好的扎日乡曲松村。为此，政府还特意为每户村民修建了新的房屋，给他们分了粮食和牲口。

想到村民们的生活实在艰难，作为一乡之长的桑杰曲巴带领大家一起搬离了玉麦。

阿妈扎西很高兴，搬到了曲松村，就不用每年有半年多的时间被封在玉麦谷底，为一大家子的吃喝发愁了。哥哥贡觉扎西和小卓嘎也很高兴，曲松村人多，比玉麦那边不知道热闹多少倍。曲松村隔三岔五还有各种集市，周边村庄的人都会牵着马、赶着牛，驮着自家的东西到集市上来跟别人交换，互通有无。那个时候，央宗还太小，还躺在毡子上不会走路呢。不过，她看起来好像也很满意这个新家，一天到晚笑嘻嘻的。

曲松村的冬季跟玉麦一样寒冷而漫长，但有一点不同，它不会被大雪封住，人们哪儿也去不了，万一有个急病，有点急事，也不会像被困在玉麦谷底一样毫无办法。光是这一点，就让村民们非常满意了。

唯一心事重重的人是阿爸桑杰曲巴。住上了新房子，有了新生活，可他好像一点儿也不开心。他常常望着高高的日拉山发呆，好像他的目光可以穿过巍巍大山，穿过厚厚白雪，看到那刚刚搬离、空无一人的玉麦一样。在这漫长的冬季，那里不会再有炊烟升起，也不会有牛群簇拥在临时圈起来的放牧点，一边慢慢地嚼着干草，一边哞哞地呼朋唤友了。而等到冰雪消融，山花遍野，又有谁会赶着牛马行走在那一片片高高的牧场上呢？又有谁家的牛群会在那广袤的边境上留下一坨坨的牛粪和一个个的蹄印呢？

他这个乡长啊，当得连自己的家都丢了。

桑杰曲巴沉重地叹了一口气。

山外的日子不紧不慢地过着，妻子满意，孩子高兴，当然是一件好事。但是，桑杰曲巴越过越觉得不安，在山的那一边好像有一个声音一直在呼唤他，呼唤他回家，回家看护好自己的家园。

当刺骨的寒风终于变成骀荡的春风，当厚厚的冰雪终于开始融化，当湿漉漉的土地开始冒出一点点嫩芽，给一片又一片的山坡披上嫩绿的新装，桑杰曲巴再也坐不住了。他将妻子和孩子们叫到一起，向大家宣布了一个他思考了几个月的决定：全家离开这里，搬回玉麦！

家人们都惊呆了。

当几个孩子盯着阿爸问为什么时，桑杰曲巴说："玉麦那边才是我们的家啊！一个人不能连自己的家都不要了！你也不要，我也不要，这个家就会没了！马上就要到最好的放牧季节了，我们不去放牧，'那边的人'就会跑到我们的土地上来放牧了！"

阿妈扎西想提出反对意见，但想了想，还是低下头没再说话。她知道，孩子他爸这几个月都心神不宁，虽然人在这边，心和魂却留在了玉麦；她知道，这是孩子他爸这几个月深思熟虑的结果，他现在提出来，是下了最大的决心。

就这样，阿爸阿妈把一家子的家当全部搬到马背上，赶着家里浩大的牛群，背着小的孩子，牵着大的孩子，翻过高高的日拉山，穿过一片片原始森林，蹚过一块块沼泽地，又一次回到了玉麦。

从此，这里的炊烟再也没有断过，这里的山间小道和草场再也不会寂寞。

他们在玉麦的家，就坐落在整天哗哗流淌的玉麦河边，是爷爷和阿爸、阿妈用一块一块石头垒起来的，虽然简陋，却稳固而温馨。房子正中间砌着一个长方形的土灶，有一根长长的烟囱直接通到屋顶。土灶大大的肚子里，燃烧着勤劳的阿妈从山上捡回来的被风雪折断的树枝，灶里燃烧的火焰从早

16　中华先锋人物故事汇　卓嘎

到晚从不间断，它散发的热气抵挡着外面的冷风冷雨，给全家人带来温暖和舒适。

这个家也是玉麦乡政府的所在地，是乡长阿爸桑杰曲巴办公的地方。

阿爸桑杰曲巴又开始赶着牛群四处放牧巡边，有时自己一个人去，有时带着贡觉扎西一起去。

哥哥贡觉扎西比卓嘎大几岁，是家里的长子，阿爸对他充满期望。从贡觉扎西记事的时候起，桑杰曲巴就经常带着他一起巡山放牧，这个小小的男子汉是阿爸巡山守边的得力助手。

出门的时候，阿爸每次都会带上一小袋煮熟的土豆，有时还会带上一点儿糌粑和砖茶，这是他一天或者几天的伙食。他的腰间常常插着一把砍刀——放牧巡边的路上，到处都是原始森林，时不时会有杂乱的树枝倒伏拦住去路，还有各种藤蔓和荆棘随处生长，阿爸需要用砍刀来开路。

"卓嘎，央宗，你们在家好好帮阿妈一起干活儿。等阿爸回来就给你们讲故事。"

每次出门，阿爸都要这样交代姐妹俩。

姐妹俩懂事地点点头，满眼不舍地目送着阿爸离开。

她们特别喜欢听阿爸讲故事——讲以前赶着马匹和牦牛去支援前线作战的故事,讲他翻山越岭几天几夜赶路请来金珠玛米赶走印度兵的故事,还讲他赶着牛群一路放牧巡边的故事。每隔一段时间,阿爸就会沿着山上唯一一条通向南面的羊肠小道朝前走,走很远很远。这一过程山高路远,来回一趟短则需要两三天,长则需要五六天。阿爸说:"我们得在这里留下我们的脚印、我们的记号和我们的牛群吃喝拉撒的痕迹,我们可是一直在这里生活呢,这里就是我们的土地、我们的家,谁也别想打歪主意!"

这些话,阿爸隔一段时间就要给她们讲。每次,姐妹俩都使劲地点点头,表示明白了。

每天一大早,阿妈扎西就起床了。她要给母牛挤奶,要熬制酥油和奶渣,要将平日里薅下来的牦牛毛捻成线。等积攒到一定的量,在寒风将要降临、冰雪即将肆虐前,把这些自己手捻的毛线送到山外去,找专门纺织的地方纺成好看的、大大小小的牛毛毡子。牛毛毡子可是很好的御寒物件,不仅可以遮风，还可以挡雨，是牧民家里的宝贝。此外，阿妈要烧饭，还要做各种家务杂活儿，真是太忙了。

卓嘎带着比自己小两岁的妹妹央宗，做阿妈的得力小助手。

卓嘎带着妹妹央宗站在旁边，看着阿妈给几头一大早就自己跑回来的牦牛挤奶。这也是一个学习的过程。

牛儿们真的很聪明，它们在外面的牧场吃饱喝足了，就会跑回主人家搭建的帐篷点，让主人给它们挤奶。它们是怎么知道阿爸阿妈把临时帐篷搭在这里的呢？卓嘎觉得好奇怪。

给母牛挤奶可是一项技术活儿。手指要非常有力气，挤压速度要快，要均匀。

卓嘎很羡慕地看着阿妈，心想：阿妈真能干啊！她怎么什么都会干呢？

阿妈看看旁边站着的两个女儿，欣慰地笑了。阿妈说，等卓嘎和央宗再长大一点儿，手上有了更多的力气和准头，就可以帮忙挤牛奶啦。

亲爱的牛儿

卓嘎家里养了上百头的牛,有牦牛,也有犏牛。

卓嘎非常喜爱家里的这些牛儿,每一头牛她都非常熟悉。牛儿们每天都为他们提供牛奶,靠着这些牛奶,阿妈扎西做出了酥油、奶酪和奶渣,然后用它们换回家里需要的粮食、盐巴和孩子们的新衣服。牛儿对他们来说,是家里最大的财富,也是唯一的财富。

卓嘎和央宗没有别的玩伴,牛儿就是她们最亲密的玩伴,她们喜欢跟牛儿说话。她们还根据牛儿的出生地点、毛色和犄角形状的不同,给它们起了各种各样的名字呢。比如,那头在草坪上出生的牛，她们就叫它邦金①；那头一身白色、牛头长得小巧玲珑的牛，她们就叫它昂珠②；那头毛色黑白相间的呢，她们就干脆叫它查果③……有名字的牛儿，叫起来就像自己的家人一样。它们本来也是家人啊！

在阿爸桑杰曲巴眼里，家里的牛群不仅是家人，它们还有另外一个身份——守边保家的卫士！阿爸经常说，牛儿认识自己的家，它们认识的不仅仅是我们的小家，还有各处的高山、牧场和水源。牛儿们可聪明了，它们还认识自己的大家、自己的祖国，是它们带着我们到处巡边呢！

"我也要像牛儿一样去巡边！"卓嘎拿起阿爸的鞭子，很神气地在空中甩了一个响鞭。

"我也要像牛儿一样去巡边！"不甘落后的央宗赶紧跟在姐姐后面喊道，生怕把她落下了。

阿爸和阿妈都笑了。阿爸说："等你们再长大一点儿，就跟着阿爸一起去放牧巡边！"

---

① 藏语，意思是在草坪上生的。
② 藏语，意思是小鸭子。
③ 藏语，意思是黑白色。

又是一个冬天降临了。照样是大雪封山,照样是哪儿也去不了。

白雪皑皑的冬天啊,真是太寂寞了!地上盛开的五彩缤纷的野花都不见了,山顶飞珠溅玉般飞流而下的瀑布也不见了,放眼望去,一重一重又一重,全是盖着厚厚的雪被子的大山。

好在卓嘎有个年龄差不多的妹妹,两个人一起干活儿,一起玩耍,是彼此最好的玩伴。

这天,在干完手头的活儿后,姐妹俩又玩起了在大雪封山的冬季她们最喜欢的一个游戏——比赛磨冰块。

两个人在外面各自取一块大小差不多的冰块,然后就在厚厚的冰地上磨呀磨,冰块越磨越小,看看谁先把冰块磨完。谁最先磨完,谁就赢了。

哇,天气可真是冷啊!拿着冰块的手已经冻得红通通的,早已经不听使唤了。

央宗看到姐姐卓嘎蹲在地上,非常认真、非常用力地在那里磨着自己的冰块。她手上的大冰块,已经磨成了圆溜溜的一小块。不好!姐姐又要赢了!

调皮的央宗眼珠滴溜溜一转，对姐姐说："姐姐，我的手太冷啦，我要过去烤烤火再来磨。"

在不远处，有阿妈烧的柴火堆，正在噼里啪啦地燃烧，温暖明亮的火焰跳动着。火焰的上方挂着一个铁罐子，铁罐子里面烧着热茶。央宗跑过去，伸出手靠近火堆烤火，而她的冰块也被她悄悄地带了过来，放在靠近火堆的地方。温暖的气流很快就让冰块带上了一层水汽，开始悄悄地融化。嘿嘿，一会儿再回去磨一下，央宗的冰块肯定会比姐姐的更快磨完啦！

果然，这一次是央宗获得了磨冰块比赛的胜利。

姐姐卓嘎笑着夸奖她："央宗，你太棒了！你以后一定是我们家的干活儿能手！"

姐姐真心实意的夸奖让央宗不好意思了。她告诉姐姐，自己作弊了，太不应该了，要向姐姐认错。

卓嘎笑了起来，其实她早就看穿了妹妹的小计谋。妹妹能赢她，她非常高兴。妹妹能认错，她当然更高兴啦！

冬季，不光是小孩子们难过，牛儿马儿也难过呢。它们吃不到美味的新鲜青草，每天只能嚼着主人们提前为它们储备的干草，它们的产奶量也因此下降了不少。卓嘎和央宗看着牛儿们眯缝起眼睛，没滋没味地嚼着干草，心里真有点替牛儿们着急。唉，什么时候这讨厌的冬天才能过去？什么时候牛儿们才能吃到那满山满坡的翠绿多汁的嫩草呀？

好在漫长的冬季总有过去的时候，当吹进山谷的风渐渐地暖和起来，那高高的雪山上的雪就开始慢慢地融化了。藏身在白雪下的土地慢慢地露出来，点点绿色开始慢慢地从这里那里钻出来，蔓延成小小的一片，再蔓延成大大的一片一片又一片……

煎熬了一个冬季的牛儿马儿们终于又可以迈着轻快的步伐，奔赴那大自然馈赠给它们美味口粮的广阔草场了。

而阿爸桑杰曲巴，早已经迫不及待地赶着牛群奔赴靠近边境的牧场了，那个地方姐妹俩还从来没去过。

这一天，牛儿们陆陆续续地回到了夏季放牧

点，阿爸却迟迟没有回来。阿妈和姐妹俩正担心着急时，不远处传来一声鞭响，姐妹俩抬眼一看，呀，是阿爸赶着大牦牛查果回来了！

查果这一次走得可远了，为了找它，阿爸才回来晚了。

"这家伙可真会找地方，它差一点儿就跑到对面的竹林里去了！"阿爸拍拍查果，自豪地说。

卓嘎和央宗一听，眼睛都亮了。

"对面的竹林"，她们知道是什么地方。从玉麦往南，一直朝前走，翻过高山，穿过沼泽，地势会渐渐变得越来越平坦，再跨过一条小溪，就可以到"对面"了。那里不仅有大片大片优良的草地，还生长着很粗很粗的竹子。这些竹子砍下来做成各种各样的竹编工艺品，可以拿到山外去换粮食、换钱。

那里是边境，以前玉麦乡的居民们都不太敢去。

查果是不是嗅到了那里的草地诱人的芳香，特意跑过去巡边啦？

玉麦的天黑得晚，都已经晚上八点了，天色还是亮亮的。卓嘎站在一边,看着阿妈给查果挤奶。

待阿妈挤完奶,卓嘎亲热地跟查果玩起了头顶头的游戏,这是卓嘎和央宗心情舒畅的时候最喜欢跟牛儿玩的一个游戏。

查果好像明白小主人是在奖励它似的,昂起头得意地号叫了一声,然后伸长脖子低下脑袋,轻柔地顶在小主人的头顶上……

五颗星星的旗子

在很长一段时间里,阿爸桑杰曲巴有一个藏在心底的最大的心愿。这个心愿阿妈扎西不知道,卓嘎和央宗也不知道。这个心愿就是,在玉麦的上空有一面鲜艳的五星红旗高高地、骄傲地飘扬!如果能有一面鲜艳的五星红旗迎风飘扬在边境上,那该是多么威武雄壮、无声胜有声的宣示啊!

桑杰曲巴永远也忘不掉他第一次参加升旗仪式的情景。

那是有一次翻山越岭到山外去换取家庭生活必需品时,在隆子县县城热闹的街道上,桑杰曲巴听到一位牧民朋友说:"过几天隆子县政府要举行升国旗仪式,周边地区很多牧民都会赶过来参加呢。"

桑杰曲巴一听，心里非常激动。他一直渴望能有机会参加一次升国旗仪式，现在这机会真的来了！

桑杰曲巴每次到隆子县政府开会，都会见到县政府门口高高飘扬着的五星红旗。那昂扬的姿态，那鲜红夺目的颜色，总能激起他满腔无以言表的激动情感。看到五星红旗，他就会想起帮他们翻身得解放的金珠玛米和远在北京的毛主席。五星红旗，是我们伟大祖国的象征和标志啊！

桑杰曲巴通过学习和主动求教，懂得了五星红旗的意义：那鲜红的颜色，象征着中国革命；那一颗大五角星和环拱于大星之右的四颗小五角星，象征着中国共产党领导下的革命人民大团结；五颗五角星用黄色，是为着在红地上显出光明。

懂得了五星红旗的具体意义，桑杰曲巴对国旗的情感更浓烈了。每次来到县政府门口，桑杰曲巴都要停下脚步，对着国旗凝望，深深地行注目礼。

现在，终于能有机会亲自参加升国旗仪式了，那是桑杰曲巴梦寐以求的心愿。

为此，他特意在县城的朋友家多住了几天。

升国旗仪式是在清晨第一缕阳光洒向大地时举行的。为了能够亲身见证和参与这一神圣庄严的时刻，很多边远地区的农牧民披星戴月，翻山越岭，天未亮就赶到了隆子县政府的门口。桑杰曲巴也是天刚蒙蒙亮就离开朋友家，步行来到即将举行升国旗仪式的地方，驻足等待。

终于，伴随着雄壮的国歌声，一面鲜艳的五星红旗在初升朝阳的映照下冉冉升起。所有人都肃穆站立，仰头面向国旗行庄严的注目礼。桑杰曲巴也一直仰头凝视，眼睛一眨也不眨，直到国歌声结束。五星红旗升到了旗杆的最顶端，在夏风的吹动下猎猎作响。就在这一刻，那个强烈的心愿再次涌上他的心头：真希望玉麦也能有一面国旗升起啊！真希望巡边路上能有一面国旗飘扬啊！

国旗极其珍贵，在那个年代，很难买到。再次凝望着那一抹高高飘扬在空中的鲜红，那五颗在鲜艳的旗帜上跳动的金灿灿的星星，一个美妙的念头突然在桑杰曲巴心中闪过：是不是可以自己做一面国旗呢？国旗买不到，但布可以买到，买一块大大的红布，买一块小一点儿的黄布，再买一块细长的白布做旗杆套，自己穿针引线做一面国旗！

太好了！就这么决定了！

桑杰曲巴抑制住内心的激动，快步走向热闹的街道，来到布店。他仔细地比较、挑选，最终选定了一块颜色纯正的大红色布料，就跟挂在县政府门口的国旗一样的颜色。他又选定了一块明亮的黄色布料和一块像覆盖在日拉山上的雪一样洁白的布料。桑杰曲巴把这些布料仔细地包好，放进了包裹深处。

同样是翻山越岭艰辛的回家路，这一次啊，桑杰曲巴走得比任何一次都快。他赶着马儿风雨兼程，舍不得在路上歇息哪怕那么一会儿，真恨不能一步就跨到家里！

远远地，看到出远门换东西的阿爸回来了，孩子们像小鸟出笼一般飞出帐篷迎过来，围在阿爸身边，争先恐后地伸手去摸包裹。桑杰曲巴挡住孩子们的手，乐呵呵地说："不要乱动，不要乱动！有宝贝在里面，别搞脏了！"

有宝贝？是什么宝贝？是不是阿爸给她们买了

新布料做新藏袍？阿爸阿妈说了好几次要给姐妹俩买布做新藏袍呢！

卓嘎和央宗焦急地等在一边，眼巴巴地看着阿爸从马背上往下搬东西——糌粑、青稞面、大个儿的土豆、盐巴……终于，阿爸小心翼翼地掏出一个小包裹，打开一看，呀！里面真的是漂亮的布料呢！阿爸真的给她们买了布料做新藏袍啊！

可是，阿爸告诉卓嘎和央宗姐妹俩，这些布料不是给她们做藏袍的，是为了制作最贵重的东西。

最贵重的东西，那是什么？

面对孩子们充满好奇和疑问的眼神，阿爸笑着说："别着急，别着急，等阿爸做出来你们就知道了。"

晚上，桑杰曲巴顾不上赶路的疲劳，点上酥油灯，铺开一张纸，拿一支笔在上面画呀画，画呀画。他一边回想着隆子县政府门口那面五星红旗上五颗星星的模样，一边不断地修改着纸上自己画出来的形状。

孩子们先是在边上稀奇地瞧，后来见阿爸老在涂涂改改没完没了，看得都困了，便一个接一个地都睡着了。他们本来就睡得早，起得也早。终于，桑杰曲巴画出了一大一小两颗跟五星红旗上一样的星星。

他小心翼翼地把两颗星星沿边剪下来，贴到黄布上。现在，他终于可以放心大胆地照着纸星星的样子剪下五颗黄色的布星星啦。

按照牢牢记在心里的每颗星星的位置，桑杰曲巴把剪好的黄色布星星缝到长方形的红布上，一颗大星星在左上方，四颗小星星环拱在大星星的右方……

夜已经很深很深了，草原上的夜黑得伸手不见五指。桑杰曲巴终于上床就寝了，在他身边的桌子上，一面刚刚诞生的五星红旗正发出一片璀璨的光彩……

第二天一大早，卓嘎就醒来了，她惦记着昨晚阿爸要制作的"最贵重的东西"，想看看阿爸到底做好了没有。摇醒央宗后，姐妹俩爬起来，发现阿爸已经起床了。他的手里拿着一面鲜红的旗帜，旗帜上那五颗明亮的黄色星星像是在跳动闪烁，真是太好看了！

桑杰曲巴召集孩子们围到他身边。他的脸上好像罩着一层神奇的光亮。他看着孩子们,庄重地说:"孩子们,这是五星红旗,是我们国家的国旗。每一个国家都有自己的国旗,那是一个国家的象征和标志。国旗插到哪里,在哪里飘扬,证明哪里就是自己的国家,自己的家园。"

孩子们一个个睁大了眼睛,原来这就是我们国家的国旗啊!原来阿爸买布料回来是为了制作国旗!孩子们以前多次听阿爸说起国旗,今天终于见到国旗了!

卓嘎从阿爸手里接过国旗的两个角,跟阿爸一起把国旗展开。

"今天,等到太阳的第一缕光线照到日拉山上的时候,我们就在自己家门口升起这面国旗!"阿爸看着孩子们,激动地宣布。

今天可是玉麦乡一个重要的日子,是玉麦乡第一次升国旗的日子!太阳公公好像也知道今天不是一般的日子,它努力地穿透玉麦乡上空重重的云雾,将一抹璀璨夺目的光线洒在日拉山的山头。

桑杰曲巴腰杆挺得笔直,双手缓慢地拉动绳

子，他亲手制作的五星红旗，在孩子们一双双漆黑闪亮的眼睛的注视下，缓缓地、缓缓地升起，飘扬在玉麦乡的天空之上。她正在庄严地宣告：这里，是我们的领土！这里，是我们的家园！

跟着阿爸去巡边

天气又一次变得暖和起来，堆积在山道上的积雪又一次在暖风的吹拂下缓缓地融化，清澈的雪水顺着山坡一路流淌，汇集到谷底的玉麦河里。玉麦河发出比往日更加响亮的哗啦哗啦的声响，就像唱响了一支高昂嘹亮的进行曲。

玉麦最好的季节到了，这也是牛儿们最喜欢的季节。它们终于又可以去高山牧场，去那辽远的边境一带，啃食那经过了冬雪的拥抱、暖风的吹拂而漫山遍野生长的美味多汁的青草啦。

这个夏季，卓嘎和央宗姐妹俩更是满心期盼了很长很长的时间，因为阿爸桑杰曲巴答应过她们，等冬季过去，天气回暖，冬雪融化，青草满坡，就带她们姐妹俩一起，赶着牛，去远远的卓桂山附近放牧巡边。

"巡边"这个词，卓嘎和央宗已经从阿爸的嘴里听过无数次。卓桂山，她们也多次从阿爸嘴里听说过，知道那高高的山顶上，就是那个伪造的"边界线"的分水岭。

作为家里的长子和阿爸的得力帮手，哥哥贡觉扎西已经跟着阿爸赶着牛群好多次去放牧巡边，也深深地体会到了其中的辛苦和劳累。

看着两个妹妹跃跃欲试的神情，哥哥贡觉扎西吓唬她们说："两个女娃子跑那么远去干什么？你们知道路上有多么难走吗？到时候可别哭鼻子！"

卓嘎一甩头，不服气地说："才不会呢！"

央宗藏在姐姐后面，朝哥哥挥了挥拳头。

姐妹俩从很小的时候起就帮阿妈做很多很多的家务活儿，每一天都非常辛苦。现在，她们已经学会了挤牛奶、捻毛线、烧火做饭等各种杂活儿，还会照看小妹妹和刚出生没多久的小弟弟，她们怎么可能轻易哭鼻子呢！

哥哥一看没吓退她们，继续说："你们不知道那里有多么吓人，到处见不到一个人影，也见不到别的牛群马群。一片一片的树林，一片一片的草地，除了风呼呼呼地吹，其他什么声音也听不到。说不定什么时候就会悄悄地跑出来一头野兽，或者一个坏人……"

见姐妹俩吓得睁大了眼睛，哥哥突然压低了声音，满脸紧张地说："告诉你们啊，有时候，那边的竹林里会突然传来一片哗啦哗啦的响声，你们知道是什么来了吗？"

卓嘎说："是老虎吗？"

央宗说："我猜是狼，阿爸说那边山上有狼呢。"

哥哥的脸绷得紧紧的，他很严肃地看着两个妹妹，说："你们都说错了！既不是老虎，也不是狼，而是印度兵！他们扛着大枪，老在那一带窜来窜去，有时候就会突然出现在你面前，拿枪指着你，叫你离远一点儿！"

卓嘎和央宗着实吓了一跳。卓嘎战战兢兢地问："那可怎么办？"

一直在旁边听孩子们交谈的阿爸桑杰曲巴这时

候说话了："怎么办？咱们什么也不办，就照样守着咱们的牛群吃草！这里可是我们自家的土地，我们在这里放牧关他们什么事了！"

"阿爸说得没错！告诉你们啊，这就是放牧巡边！阿爸每次把牛群赶到那里，都是这么告诉我的。"哥哥趁机很得意地告诉两个妹妹。

卓嘎和央宗激动地点点头，阿爸也是一直这样对她们这么说的。

阿爸看着姐妹俩，心里非常高兴，边境放牧巡边的身影又多了两个！他对姐妹俩说："阿爸特别希望你们能早日加入巡边的队伍，阿爸希望巡边的人越多越好。这样，那边的人看到我们这么多人生活在这里，看到我们的牛群在草地上吃草，他们就不敢随便占领我们的土地了。如果我们不到这边来放牧，这边就成了无人区，就很容易引发他人不良的意图，想把这里据为己有！"

这也太令人气愤了！

卓嘎对阿爸说："阿爸，我们要跟你和哥哥一起去那边放牧，我们要把我们的牛群都赶到那边去吃草！"

央宗紧跟着加上一句:"让它们把粪便拉满那边的草地!"

阿爸一听,哈哈大笑起来,说:"这个主意不错!那我们明天一早就出发吧!"

得到阿爸的表扬,姐妹俩高兴极了。

第二天一大早,天刚蒙蒙亮,卓嘎和央宗就起床了。

阿爸桑杰曲巴早已准备停当,他把一块砖茶和一些烤土豆、糌粑装进袋子里,把一直用的那把锋利的砍刀插进腰间,举起牛鞭,赶着家里数量庞大的牦牛、犏牛和马儿,带着贡觉扎西、卓嘎和央宗三个孩子,朝卓桂山的方向出发了。

夏季的玉麦呀,到处都绿得像要滴淌下来。一片又一片长了不知道多少年的松树,树干上披着绿苔,树枝上垂挂着长长短短的松萝,郁郁葱葱地占满山坡。有的松树已经被冬天的风雪摧折,而旁边又长出来几棵亭亭玉立的小树苗,一年一年又一年,生生不息,不屈不挠。在树林的空隙间,这里,那里,突然冒出来一丛丛的野花,红的,黄的,紫的,白的,它们长得各不相同,就像大自然最漂亮的女儿。

风景如此美丽，脚下的路却极其难走。因为雨水太多，树林间几乎没有干燥的时候，上山的羊肠小道泥泞不堪，一不小心，脚下一滑，就会摔个狗啃泥。

"哎哟！"瞧，央宗一脚没踩稳，第一个摔跤了。她有点难为情，赶紧爬起来，两个膝盖和两只手上已经满是泥巴。

"你没摔着吧？哎哟！"卓嘎关切地问妹妹，没想到自己一不留神，也重重地摔了一跤！她这是被脚下新长出来的藤蔓绊倒了，这一跤摔得比妹妹更狼狈，额头都沾上了泥巴。

阿爸桑杰曲巴哈哈大笑起来，说："摔跤是正常的，爬起来就好了，这路太难走了，阿爸还时不时要摔跤呢！"

阿爸一边说一边赶过来，抽出腰间的砍刀，三下两下就清除了拦路的藤蔓，免得它们以后长得更大，阻挡了小道的通行。

就这样一路泥泞，一路前行，翻过几座连绵的山岭，他们终于到达了卓桂山跟前。

这里地势开阔，阳光和雨水都非常充足，一片片青翠的草地如宽阔无边的地毯在眼前连绵不绝地铺开，各种不知名的小野花点缀在碧绿的地毯上，真是太美了！

家里的牛儿马儿在草地上四散开来，低下头，惬意地啃食着这人间的美味。黑的、白的或黑白相间的牲畜点缀在翠绿的草地上，真是一幅最美最好的、安定富足的画卷。

卓嘎抬起头，好奇地朝不远处的所谓"边界线"望去。那里，同样是一片天空，同样是一片片草地和森林，四周却寂静无声，连鸟儿鸣叫的声音也没有。

卓嘎心里突然有点害怕。她想起哥哥讲的故事——对面那密密的树林里会不会藏着什么东西？会不会突然有人跳出来，拿枪指着他们，威胁他们离远一点儿？

哞——突然，一头大牦牛仰头长长地号叫了一声。哈，是邦金那家伙吗？它的声音特别洪亮，气势非常足。它是不是在说"别抢别抢，这里是我的地盘！这里的草太好吃了"？

44 中华先锋人物故事汇 卓嘎

紧接着，另外几头牛也跟着一起号叫起来，好像在跟着邦金一起表明决心似的。

阿爸笑了："哪里有牛群，哪里就是我们的家！孩子们，你们要记住这一点，要带着我们的牛群时不时地到这里来巡逻。如果大家都怕远，怕麻烦，都不愿意来这里，这里可能就会被别有用心的人利用，以为我们放弃这里了！"

站在这里，卓嘎和央宗再一次听阿爸说起这样的话，心中的那种感觉跟在家里时的完全不一样，一种强烈的使命感和责任感，第一次在两个小女孩的心里升起。

卓嘎和央宗很认真地朝阿爸点了点头。

悲伤的日子

一个雨季结束了是一个雪季,一个雪季结束了又是另一个雨季。一年又一年,日子就这样不知不觉、不紧不慢地过去了。

一九七八年,又到了大雪封山的季节。这一年的雪下得特别大,一层一层又一层,堆在高高的日拉山上,堆在玉麦周围所有的大山大坡上,将整个玉麦变成了一个冰清玉洁、与世隔绝的世界。

桑杰曲巴早就采购好了够全家人吃大半年的粮食和盐巴等日用品,他们一家人又要在这冰天雪地里困守半年多的时间了。

所有的牛群和马匹都已经离开夏季的高山牧场,回到了玉麦河边卓嘎家附近的棚圈里,它们将在这里靠着啃食干草料度过这漫长的冬季。

这一年，卓嘎已经十七岁了，她出落成一个美丽的少女，双眼明亮，鼻梁笔挺，一笑就会露出一口洁白的牙齿。她身材娇小，却有很大的力气，到山上去捡柴火，她可以背一大捆回来，丝毫不输给哥哥；她挤牛奶，轻柔的动作中带着恰到好处的力度，双手轮动，速度飞快，早已成为阿妈挤牛奶的得力帮手；她还跟着阿妈学会了制作酥油、奶渣和奶酪——把一个大大的铁皮锅放置在燃烧着的火炉上，把刚刚挤出来的新鲜牛奶倒入铁皮锅里，盖上盖子，待牛奶煮沸了，将牛奶舀出来，再慢慢地倒入一个简陋但非常好使的手工分离器里，同时用手不停地摇啊摇。分离器有两个出口，一个分离出来的是颜色黄黄的、黏稠的酥油，一个分离出来的就是冒着雪白泡泡的奶渣，分离出来的奶渣凝固后，要用一块粗布包好，放到大石块底下压上一天，待成型后就可以切成一个个小方块，用线穿起来，挂在帐篷里的长绳上，晾干后就成了香喷喷的美味。

妹妹央宗已经十五岁了，她身材高大健美，

悲伤的日子 49

比姐姐高出了大半个头，同样成了家里的干活儿能手。

央宗的小妹妹和小弟弟也已经长成了半大孩子，不再需要人跟在屁股后面照顾了。一家七口人，养着几百头牲口，每天劳作虽然辛苦，却也其乐融融。

谁也没想到，这个冬天的腊月，生活给了他们重重一击，带给了他们无法承受的痛苦。

一直操劳着一大家子家务的阿妈扎西突然病倒了。

阿妈的肚子，痛得像有一把钝刀子在一下一下地割着她，她得了痢疾。

阿爸桑杰曲巴懂得一点儿简单的草药知识，是从他的阿爸那里学来的。如果家里孩子有点头疼脑热，阿爸就会在山上寻一点儿草药煎好，让孩子们服下去，一般一两天或两三天也就好了。可是阿妈这一次的痢疾来势汹汹，草药无济于事。

桑杰曲巴看看四周高耸而威严的雪峰，心急如焚。谁也没在这样的日子出过山，齐人高的大雪掩盖了放牧踩出来的羊肠小道，掩盖了原始森林里危险的沼泽地和各种倒伏断裂的树桩子。一眼望去，到处是白茫茫一片，即便是神仙，恐怕也不认识出山的路了。可是，如果再拖下去……显然，妻子已经熬不住了……

桑杰曲巴下定决心，不管能不能走出大山，他都得带妻子出山求医。

然而，已经来不及了，阿妈扎西没能坚持到走出重重雪山的那一天。

卓嘎和央宗痛苦又恐惧地拥抱在一起，看着脸色煞白的阿爸带回紧闭双眼的阿妈。阿妈再也不会说话，不会呼唤她们的名字了。

就这样，因为大雪封山，并不算重病大病的痢疾，让亲爱的阿妈永远地离开了他们。

没有了阿妈的日子，似乎漫长得没有尽头，似乎太阳永远也不会再照耀在玉麦山的山头。

作为家中长女的卓嘎承包了家里的所有家务，妹妹央宗成了她最得力的帮手。

每天早晨，卓嘎总是早早地起床，先往灶膛里填满新的柴火——经过一夜的燃烧，灶膛里的柴火快要燃尽了——然后将装满冷水的水壶放到火炉上，一边等水烧开，好准备一家人的早餐，一边和妹妹央宗一起，开始给母牛挤奶。这是一项非常繁重的工作，也是她们一天里占时最多的工作。另外，还有一项同样繁重的工作，就是要将当天挤好的牛奶做成酥油、奶渣和奶酪。每当有一些空闲的时间，她们就捻毛线，不停地把牛毛捻成一股股毛线。每天都这样在毫无间隙的劳作中过去，这样也很好，卓嘎和央宗就不会有太多的时间去想阿妈了。

日子就这样一天一天慢慢地过去，大雪终于又一次消融了，出山的小道和一条一条挂在山间的瀑布又一次清晰地呈现在他们的眼前。

卓嘎好想问阿爸，他们家是不是还可以搬出去，搬到山外的曲松村。但卓嘎并没有问出口，她知道阿爸肯定会说，如果连他们家也搬出去了，玉麦怎么办？这边空无一人，万一被别有用心的人利用来制造事端怎么办？

卓嘎和央宗，甚至连小妹妹小弟弟都明白这个道理，因为这是阿爸一直挂在嘴边的。

阿妈离去以后，阿爸很长一段时间几乎不说

话。他只是沉默地赶着牛群，赶向那片靠近边境的空寂的山谷，一去就是好几天。有时哥哥也跟着去，有时阿爸不要哥哥跟着，他自己一个人去。

以前大多数时候也是阿爸一个人出去放牧，但卓嘎从来没觉得他的身影这么孤独。

望着阿爸的背影，卓嘎的心里总是充满说不清楚的情绪，又悲壮，又难过，有时看着看着，她会忍不住流下眼泪。

也许，是因为想念阿妈吧。

亲爱的小妹妹啊

近一年的时间过去了,像玉麦上空的浓雾一样笼罩在牧场和帐篷里的悲伤总算淡去了一点儿。在一天又一天忙忙碌碌的日子里,雪花又一次开始飘落,冬季又一次如约而至。

谁也没想到,一九七九年的这个冬季,会再一次给这个家以重创。

这一次,是刚刚十来岁的小妹妹。小妹妹从小就乖巧懂事,总是跟在两位姐姐屁股后面帮着撸牛毛、捻毛线,勤快地做着家里的各种杂务。在阿妈离去一年后,她刚刚跟着卓嘎姐姐学会了挤牛奶。每次升国旗的时候,小妹妹都会把眼睛睁得大大的,还吵着要跟阿爸一起去放牧巡边,阿爸答应她，等再过两年她长大一些的时候，一定带她去……

那是一个大风大雪轮番袭击玉麦的日子，乌云压顶，天空晦暗，这样的天气最让人心里不安。哥哥姐姐们早早地圈定家里的牛儿，清点数目，果不其然，数目对不上，有几头犏牛不见了。

犏牛是那个时候草原上出现的新品种，由牦牛和黄牛杂交而来。犏牛体格庞大，性情温顺，役力更强，产奶量也比牦牛多。所以，这些年，在家里的牛群中，犏牛的数量占据了很大的比例。

虽然犏牛体形硕大，但兄妹几个举目四望，却哪里都看不到它们的身影！冬季的牧场周围白茫茫一片，谁也不知道它们朝哪个方向走偏了。

任何一头牛都是家里的财富。在这样的天气，一头牛如果回不到棚圈，不能跟其他牛儿圈在一起，肯定会在野外饿死冻死。

兄妹几个一商量，决定分头行动，各自朝牧场不同的方向去寻找。

小妹妹朝卓嘎姐姐指派给自己的方向一直往前走，一边走一边呼喊着牛儿的名字。她一直走到很远的地方，还是没看见犏牛的影子。

这个时候的小妹妹，心里一定经历过激烈的斗争吧？没有找到，就此回去，可万一走失的牛儿正好就在前方一点点的地方呢？如果她就此放弃，牛儿可能就要死在这里了。

天色越发昏暗，风雪越发急促，空气越发寒冷。小妹妹啊，就这样怀着必须找到牛儿的信念，一直往前走着，走着，直到她自己也迷失了方向。小妹妹虽然从小在野外长大，但因为有阿爸阿妈、哥哥姐姐的庇护和照顾，她还不知道大自然严寒的威力。

迷失了方向的小妹妹找不到牛儿，也找不到回家的路。她知道阿爸和哥哥姐姐一定非常着急，一定在寻找她。她大声地呼喊着，可是冬天的旷野就像一个无声无息的大洞，吞噬了她发出的一切声音……不知道过了多久，小妹妹终于支撑不住，倒在了雪地里……

待哥哥姐姐们找到她时，她的身体已经冰冷，再也听不到家人们的呼唤了。

卓嘎抱着小妹妹，疯狂地摇晃着，声嘶力竭地呼喊着。可是亲爱的小妹妹，再也不会回应她最喜欢的卓嘎姐姐的呼喊了……

旧伤未了，又添新伤。一夜之间，阿爸桑杰曲巴一头乌黑的头发好像被风雪染白了一半。心里的伤痛如果有形可见，那一定是一个深入到心底最深处的漆黑的大洞吧……

"三人乡"

又一个春暖花开的季节到来了，一切都生动起来，活跃起来。环绕在玉麦周围高山上的一条一条的瀑布又开始欢快地流淌，唱着谁也听不懂的山歌，汇聚到谷底，再奔腾着流向山外不知名的远方。野花们成群结队，呼朋唤友，占据着一片一片的山坡。这里是一片明黄，那里是一片艳紫，再过去那边，又是一片粉红，谁也不知道这些野花是怎么分的家，反正这里天大地大，所有愿意在这里安家的花儿们都可以肆意地蓬勃生长。也有一些野花像是打散了混在一起的，你中有我，我中有你，更显亲密和热闹。漫无边际的青青草原，又一次在春风的召唤下如约而至。草儿们刚刚冒出地面，一片接一片，连接成看不到尽头的神奇的魔毯，展开在满心欢喜的牛儿们和主人们的眼前。

几年的时间过去了，失去阿妈和小妹妹的痛苦终于在日复一日的生活中渐渐地平息下去，只在心底最深处留下一团浓重的阴影，轻易不去触碰。

因为守在大山深处，没有姑娘愿意嫁进来，二十八岁的哥哥贡觉扎西早已错过了当地青年结婚的最佳年龄。一九八六年，机缘巧合，哥哥遇到了扎日乡曲松村的一个女子，两人相互产生了爱慕之心。经过一段时间的接触了解，两人终于喜结连理，哥哥就此离开生活了二十多年的玉麦，到扎日乡与妻子一起开始了他们的新生活。再后来，他通过自己的努力担任了扎日乡的副乡长，在新的工作岗位上做出了自己的贡献。

家里最小的弟弟嘎尔琼则遵照阿爸桑杰曲巴的安排，十岁时就被送出山外去学习医学知识。阿爸桑杰曲巴希望他长大后能成为一名救死扶伤的安吉拉[①]，为周围乡里的乡亲们服务。这个愿望也是当

---

① 藏语，意思是医生。

年桑杰曲巴的父亲对桑杰曲巴的厚望,但由于种种原因,桑杰曲巴没能完成父亲的心愿。如今,他把这个心愿寄托在了小儿子的身上。

就这样,整个玉麦乡只剩下阿爸桑杰曲巴和卓嘎、央宗三个人了。在此后十多年的时间里,阿爸是乡长,卓嘎和央宗两姐妹是村民,三个人组成了后来闻名全国的"三人乡"。他们三个人一起守护着辽阔的玉麦乡,冬季大雪封山的时候就守护在玉麦谷底,让炊烟时时刻刻飘荡在玉麦上空;雨季就赶着牛群到处转场,巡护着玉麦的每一寸土地,在各处留下玉麦乡的村民和牛群生活的记号。

在这又一季冰雪消融、春暖花开之际,阿爸桑杰曲巴最着急的一件事就是带着姐妹俩去巡边。封山的日子,哪里也去不成,现在终于可以出门了,得第一时间赶到远远的边境去看看,看看有没有人动他们上次做的记号,看看沿途的一些标记是否安好,顺便也要去砍一些粗大的竹子回来做竹编。

因常年雨水不断,玉麦的竹子长不大,一般只长到小手指粗细、一人高的时候,就会因雨水浸泡而失去生命力。而从玉麦一直往南走,走得远一些，就会有粗大的竹子，那可是更好的做竹编的材料。

"以前有阿妈守着帐篷，有哥哥跟着阿爸去放牧巡边，现在阿爸的身边就只剩你们俩了。"阿爸桑杰曲巴看着两个亭亭玉立的女儿，心里既欣慰又伤感。

卓嘎说："阿爸别担心，我们俩既可以守帐篷，也可以放牧巡边，我和央宗会一直守在您的身边。"

央宗点点头，跟着姐姐的话头强调："姐姐说得没错，阿爸放宽心吧。"

阿爸桑杰曲巴笑了，心情复杂地说："可等你们长大后，要嫁人，要组建自己的家庭啊！到时候可怎么办呢？"

这是最令桑杰曲巴头痛的一件事情。如果卓嘎和央宗姐妹俩有一天也离开玉麦，那玉麦就真的没人了，就真的要空了，要荒了，祖祖辈辈一直生活的家园就可能没有人守护了……

"阿爸在这里，家在这里，我不会嫁到外面去的。反正不管怎么说，我就是哪儿也不去，我就守着玉麦，守着阿爸！"卓嘎一脸认真地对阿爸说。她无法想象，如果她和央宗离开了，玉麦要怎么办，阿爸要怎么办，玉麦可是爷爷和阿爸两代人都在守护的地方。

"我跟阿姐一样，哪儿也不去！"央宗急忙表态。

"真是两个好孩子……"阿爸桑杰曲巴喃喃地说。

以后到底会怎么样？这件事情，只能以后再说……

特殊的记号

这天一大早,姐妹俩就起来忙乎早餐。自从阿妈去世后,家里所有的家务都落到了姐妹俩的身上。那时卓嘎才十七岁,央宗十五岁。这个年龄的女孩,正是含苞待放的花朵,但她们已经没有机会再享受阿妈的宠爱,而是磕磕绊绊地接过了阿妈身上的所有重担。几年的时间过去,姐妹俩已经在磨炼中长大,已经可以娴熟地做好一切家务了。

吃过早餐,阿爸桑杰曲巴带上他一直用的砍刀,姐妹俩带上一点儿干粮和砖茶,父女三人就动身了。

冰雪刚刚消融,树林间逼仄的小道上,满是夹杂着雪水和冰碴儿的泥泞。父女三人艰难地穿行其间。阿爸桑杰曲巴走在前面，时不时地停下来清理一下拦在道路上的断枝。姐妹俩紧紧地跟在他的身后，一边警惕着脚下泥泞的陷阱，一边提防着路边隐藏着的荆棘。一不小心，她们可能就会踩进一个深深的泥潭里，或者被尖刺刺破手掌和衣服。

走着走着，阿爸桑杰曲巴突然停下了脚步。姐妹俩赶上来一看，原来他们前面的这一段路根本没法走了。这是一段更加狭窄的小道，被厚厚的泥泞和雪水覆盖着。如果直接蹚过去，他们的毡靴就报废了。

阿爸桑杰曲巴朝右手边的山坡看了看，说："看来，我们得爬山绕过这一段了。"

爬就爬！对于卓嘎和央宗来说，爬山攀岩是家常便饭，她们早就习惯了。

阿爸桑杰曲巴带头登上了山坡，可眼前已经没有路了，他们只能推测着方向，在布满青苔和残雪的密林里艰难地穿行。

透过树林，卓嘎看着山下那条若隐若现的小道，问阿爸："阿爸，那条小道是哪里来的？是阿爸走出来的吗？"

阿爸桑杰曲巴笑着说:"这里啊,本来是没有路的。很早的时候,你爷爷那一辈人就是往这个方向走。那时不叫'走路',叫'上山'。你爷爷总是带一把斧头,一路走,一路砍掉那些树枝、荆棘、藤蔓,村里人则跟在他的后面。走的人多了,这里慢慢地就变成一条小道了。我年轻的时候跟着你爷爷走过好多次这条小道,这个地方现在变出一条路,也有阿爸的一份功劳呢!"

想起爷爷,看看现在在前面开路的阿爸,卓嘎的心里涌上来一股豪迈的激情。她拉了一把走在她后面气喘吁吁的央宗,说:"央宗加油!我们马上就要绕过去了!"

终于,他们顺着山坡绕过那段泥泞不堪的小道,来到了一片开阔的地带。

卓嘎一路走,一路仔细地查看附近的树木和石头。突然,她停下了脚步。

"阿爸,央宗,快来看,这块大石头被人挪动过了!"

卓嘎指着左侧的一块大石头叫起来。

这块大石头跟他们上次巡边时的位置不一样。

卓嘎记得很清楚，上一次，这块石头离旁边的这棵松树很近，石头有尖角的一面对着山的那边，圆润平坦的一面对着这棵松树。而现在，这块石头不仅被挪开了好几米的距离，它的朝向也不一样了，圆润平坦的一面对着山的那边了。

阿爸桑杰曲巴走过来一看，眉头皱起来："确实是有人动过了，看来是有人来过了！"

有人来过，那一定不是我们的人，因为整个玉麦乡就他们父女三人，那只能是印度人了。

"我们赶紧再看看别的地方！"卓嘎紧张地说。

三人一路走，一路看，还好，其他地方看不出有什么变化。绽出新绿的草地也是平整如镜，看不出有人踏足过的痕迹。

阿爸桑杰曲巴和卓嘎、央宗都轻轻地松了一口气。

阿爸桑杰曲巴欣慰地看着卓嘎，说："看来我们卓嘎已经长大了，心细胆大，可以帮阿爸分担巡边的重任了！"

卓嘎被阿爸夸得不好意思地低下了头。

他们站在山岗上，遥望着前方无边无垠的森林和草地，还有一片片青翠粗壮的竹林。周围寂静无声，只有远处一朵朵白云在树梢间盘桓缠绕。

多么美好的地方啊！

卓嘎每次站在这里眺望前方的美景，心里都要深深地感叹。她说不出更多的形容词，只是心里觉得既无限舒坦又无比心痛。阿爸桑杰曲巴多次告诉过她和哥哥、妹妹，这一片辽阔的土地，自古是属于玉麦，属于中国的，现在却经常被外人侵扰。所以，他们不能离开这里，哪怕只剩下他们三个人，也不能离开。

等这里草场的草长得再高一些，再壮一些，卓嘎和阿爸、央宗就要把牛群赶过来好好地享受春天里的第一茬美味了。

"现在，我们去砍几根大竹子吧！"

阿爸桑杰曲巴一声令下，卓嘎和央宗姐妹俩欢快地冲进了竹林里……

接过阿爸的担子

边陲风霜催人老。时间的脚步走到一九八八年,担任玉麦乡乡长之职长达二十八年之久的阿爸桑杰曲巴卸任了,他已经六十五岁了。玉麦乡乡长的职务和责任落到了大女儿卓嘎的肩膀上。

此时的卓嘎已经二十七岁,妹妹央宗也已经二十五岁。按照本地的习俗,两人都早已过了婚嫁的最佳年龄了。

卸任乡长的这一天,桑杰曲巴老人心里有说不出的滋味。女儿卓嘎已经长大成人,亭亭玉立,风华正茂,一头乌黑的长发,一张秀美的鹅蛋脸,一双清亮的眼睛,鼻子又高又挺,放到哪里都是人见人爱的美丽姑娘。她干活儿勤快又利索,为人稳重又有主见，如果不是玉麦地理位置如此特殊，路途如此遥远，生活如此不便，早该有英俊勤劳的小伙子踏破门槛来求亲；如果不是担心玉麦放牧巡边从此后继无人，大好的土地上再次渺无人烟，作为父亲的他早该在山外寻一户好人家，把女儿嫁出去……

还有二女儿央宗，她长得高大又健美，性格直爽又活泼，也是一个人见人爱的好姑娘。她也跟姐姐一样，陪伴在老父亲身边，守护在玉麦这一片辽阔的土地上，哪儿也不去。

做父亲的无法找到两全之策，耽误了两位好姑娘啊……

卓嘎好像听到了老父亲心里的话，说："阿爸，您放心，作为玉麦乡新一任乡长，我会好好地接下您的担子，会好好地放牧巡边，会把我们的家园好好地守住的！"

央宗站在姐姐身边，大声说："阿姐说得对，阿爸放心吧，我会一直陪在您和姐姐身边的！"

老阿爸桑杰曲巴欣慰地点点头，一时说不出话来。他转身走进帐篷，取出一面红艳艳的崭新的旗帜，郑重地交到大女儿卓嘎的手中。

这是阿爸桑杰曲巴亲手缝制的又一面五星红旗。

卓嘎和央宗永远也无法忘记，在她们很小的时候，阿爸就亲手缝制了第一面五星红旗。玉麦乡第一次升起国旗的清晨，一直深深地印在她们的记忆深处。那面五星红旗在玉麦的上空飘扬了好些年。后来，阿爸桑杰曲巴又陆陆续续地缝制了几面五星红旗，用来替换玉麦上空那面被风雨侵蚀得已经破旧的旗帜。而现在的这一面旗帜，是阿爸最新缝制的，阿爸说："卓嘎成了新的乡长，你们就带着这面五星红旗一起去巡边吧，把它挂到高高的树枝上去！"

卓嘎和央宗激动又兴奋，这么鲜艳漂亮的红旗飘扬在玉麦那漫山遍野的翠绿中间，是多么威风、多么美呀！

调皮的央宗从姐姐手里抢过红旗，扛在了自己肩上。嘻嘻，她要替阿爸和姐姐扛着这最珍贵的旗帜，一直走到遥远的边境去。

刚开始，是阿爸一个人赶着牛群去巡边，后来他带上了哥哥，再后来卓嘎和央宗也加入了。而这一次，阿爸桑杰曲巴将留在夏季牧场照看牛群，卓嘎和妹妹则结伴出发，一起去巡边。

这一次要去的地方，路途比较远，那里有一个最显著的标志——一棵大柏树。几十年来，中印双方不断地在上面刻写自己的国名，并同时将对方写下的文字刮掉或者涂掉。第一次没有阿爸桑杰曲巴的带领和陪伴，卓嘎带着妹妹要到那里去看一看上次阿爸刻上的"中国"两个字是不是还在，如果又被刮掉了，她们得重新刻上去。更重要的是，这一次，她们要把这面鲜艳的五星红旗高高地挂到我国边境地区最前沿的地方！

姐妹俩跟阿爸告别后，带上干粮、藏刀等必备物品出发了。

阿爸桑杰曲巴站在临时搭成的帐篷前，看着姐妹俩渐渐远去的背影，很久，很久。

央宗扛着五星红旗，兴奋地跟在姐姐的后面。她们走到玉麦河边，沿着河水的流向朝南方进发。没想到，突然吹过来一阵狂风，央宗没提防，手里的红旗被狂风带起，一眨眼就落入了湍急的玉麦河中！

玉麦河虽然不宽，也不算深，但因为接纳了周围山上不断汇入的溪流和瀑布，水流量非常大，流速非常快，哗哗哗，哗哗哗，就好像一匹矫健的马儿在不停地奋蹄疾驰。

央宗急坏了，想也没想就直接跳进玉麦河里，去抢救即将被冲走的红旗。

走在前面的卓嘎不知道发生了什么事情，待她反应过来回头看时，央宗已被湍急的水流冲击得根本站不稳身子，眼看就要被水流裹挟着直冲而下了！

"赶紧抓住边上的树枝！"卓嘎一边朝妹妹大喊，一边往前面跑去，"红旗被前面的树枝挂住了，没有冲下去，你不要着急！小心激流！我到前面去捡红旗！"

正在这危急的时刻，一个矫健的身影突然闪现，有一个人扑通一声跳进了河里。

两姐妹定睛一看，原来是一位正在巡逻的边防战士正好路过这里。他抓住了在激流中挣扎的央宗，用尽全身力气把她拉上了岸。

央宗心里着急，对着边防战士大喊："不要管我了。快，快，去捞红旗，掉河里了！"

看到河面不远处有一团鲜红被树枝拦在那里，边防战士瞬间就明白了。他匆匆忙忙地安抚了一下央宗，就再次跳入激流中，朝红旗的方向游过去。终于，他抓到了红旗，并安全地带到了岸上。

了解到姐妹俩是去边境巡视，并且还带着老阿爸缝制的国旗，边防战士被深深地感动了，他给两位姑娘敬了一个标准的军礼。

两位姑娘多次谢过边防战士后，又重新上路了。

一路上，姐妹俩顺着祖辈父辈踩出来的足迹一直往前走。穿过一片片原始森林，翻过一座座青草萋萋的高山牧场，她们终于到达了一片开阔地带。又跨过一条小水沟，就到了那棵大柏树的跟前。

果然，上次阿爸桑杰曲巴刻下的"中国"两个字被人用红油漆涂掉了，边上刻着姐妹俩不认识的且曾经多次看到过的文字。

"真气人！"央宗气得直跺脚。

卓嘎安抚妹妹："没事，我们也会涂也会写！"

卓嘎拿出随身携带的藏刀，慢慢地、仔细地把那些她们不认识的文字刮掉，然后再用刀尖一笔一画地刻上了"中国"两个字。

卓嘎和央宗都不认识汉字，她们只是从阿爸那里学了一点儿藏文，但"中国"这两个字，她们不仅早就认识，还从阿爸那里学会了书写。

"这两个字，刻得真好！"央宗轻轻地抚摩着姐姐用力刻下的那两个熟悉的文字。

卓嘎也亲切地抚摩了一下那两个文字，然后收起藏刀，拍拍央宗的肩膀："现在，我们去挂红旗吧！"

这是阿爸桑杰曲巴亲手缝制的五星红旗，也是在这片地区将要升起的第一面国旗，这面国旗意义重大，挂到哪里才最好、最显眼、对对方最有威慑力呢？

姐妹俩抬起头，去寻找她们身后的那片树林里挂五星红旗的最佳位置。

"那棵树！"姐妹俩手一指，几乎同时相中了一棵年轻的松树。只见它盘踞在一块高出来的土坡之上，高高地耸立在一片青翠的松林之间，它的一

78　中华先锋人物故事汇　卓嘎

根粗大的树枝朝前探着。

就把这面五星红旗挂在这根树枝上!

姐妹俩一起走到那棵松树前,央宗拦住正准备爬树的姐姐,说:"我个子高一点儿,让我来!"

卓嘎笑着点点头。

对自小在山间密林里长大的姐妹俩来说,爬树那可是驾轻就熟。只见央宗唰唰唰几下,很快就爬到了树的中央。卓嘎踮起脚,高举五星红旗递给央宗。央宗一手攀住树枝,一手探下来接过五星红旗,然后拉长身子靠着树干,伸长手臂,把五星红旗高高地绑在了那根探出来的树枝上。

层层叠叠的翠绿之上,一面鲜艳的五星红旗迎风招展。她在大声地宣示:这里,是我们的国家,是我们的领土,是我们的家园,谁也别想来侵犯!

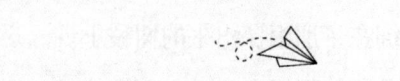

信使"飞"进山里来

"三人乡"的日子,慢悠悠地往前走着,在大雪封山的寂寞中迎接日月星辰,在春暖花开的欣然中感受大地的慷慨馈赠。不知不觉间,时间来到二十世纪九十年代,祖国大地又迎来了一番欣欣向荣的景象。"三人乡"的玉麦,也迎来了自己新的日子和新的变化。

在过去十几年玉麦乡只有三个人的日子里,除了阿爸桑杰曲巴偶尔到隆子县的县城去开会,到扎日乡曲松村去换取粮食和日用品,联通玉麦乡和外面世界的,就只剩邮递员白玛江才了。

白玛江才十五岁起就担任乡村邮递员。每隔一个月,他就会克服种种困难,翻山越岭来到玉麦乡，把信件、报纸和上级政府的一些文件和通知送到玉麦乡唯一的这户人家手里。

每次接到外界的信息，一家三口人都非常高兴。阿爸桑杰曲巴总是迫不及待地打开邮件，召集两个女儿，一篇一篇地仔细阅读，把重要信息一一向女儿们传达。

一九九一年的一天，又是白玛江才过来送报纸的日子。令桑杰曲巴和卓嘎、央宗两姐妹非常吃惊的是，白玛江才送来的不仅仅有报纸，还有一摞厚厚的信件！

对坚守玉麦乡的这一家人来说，信件是稀罕物件。除了外出的哥哥和弟弟偶尔寄来报平安的家信，他们不会收到其他信件。可这一次是一大摞的来信，这些信来自全国各地他们听也没有听说过的地方，这些来信不仅有写给桑杰曲巴老人的，更多的是写给卓嘎和央宗两姐妹的！

白玛江才笑呵呵地对两姐妹说："你们现在成名人啦！"

卓嘎、央宗，连同桑杰曲巴老人都惊呆了。

这是怎么一回事呢？

原来，在去年的十一月，有两位新华社记者，在山南市采访结束后来到了隆子县的曲松村。当他们得知仅有三个人的玉麦乡就在对面大山的背后时，便提出要进入玉麦进行现场探访。遗憾的是，此时的玉麦已进入冬季，大雪严严实实地覆盖了进山的羊肠小道，无法进入。于是，两位记者就采访了当时隆子县的书记等人。听着他们将玉麦的历史与现状娓娓道来，两位记者对留守在玉麦的桑杰曲巴和他的两个女儿越发钦佩。

特别巧的是，不久后，卓嘎正好外出办事，这两位敬业的新华社记者终于采访到了这位驻扎边陲的传奇姑娘。

新华社第一篇关于玉麦的采访报道刊登以后，全国各地的读者都被他们父女三人的事迹深深感动，对玉麦这个地处边陲的"三人乡"产生了浓厚的兴趣。卓嘎和妹妹央宗陪着父亲放牛巡边、守家卫国的事迹感动了无数人，也令还未婚娶的很多优秀青年对她们产生了由衷的仰慕和敬佩之情。他们希望通过信件将这些情感传递到卓嘎和央宗姐妹俩手中。这是卓嘎和央宗这辈子第一次收到陌生人写

84　中华先锋人物故事汇　卓嘎

给自己的信，除了感到出乎意料，她们的内心也充满了喜悦之情。

有些为难的是，这些书信基本上都是用汉字写的，桑杰曲巴老人、白玛江才和卓嘎、央宗都不怎么认识汉字，无法阅读。

桑杰曲巴老人看看两姐妹，笑着说："不用看，我大概也能猜到信里面写的是什么，一定是向你们表达敬佩和传达心意的。"

卓嘎和央宗都不好意思地笑了。

早已经过了婚嫁的年龄，说她们没有着急过那是假的，她们又何尝不想建立一个属于自己的美满小家庭呢！可是，玉麦地理位置特殊，属于边境地区，不是谁想来就可以来的。再加上这里道路不通，生存条件艰苦，还有着不同的习俗和生活习惯，不是一般的人能够理解、接纳和承受的。而她们两个人，也不可能离开玉麦，离开她们坚守这么多年的家园而嫁到山外条件好的地方去。如果是这样，她们早就可以离开了。

所以，这件事情无解。

信件还是像雪片一样地飞来，并没有因为姐

俩没有回音而减少。

卓嘎抱着新收到的一摞信件,看着那些封得严严实实的信封,看着信封上贴着的花花绿绿的邮票,心里又一次充满了好奇。她知道这些信件改变不了什么,但她还是很想知道这些陌生人都给她写了些什么。

央宗也跟姐姐一样,很希望有人给她读读这些不认识的人写给她们的信。

姐妹俩虽然无法阅读这些来信,但出于尊重,每次收到来信,她们都会把这些信收好,叠放在家里的墙边。

不知不觉间,来信越积越多,姐妹俩干脆找了几个麻袋把这些信件装起来。没想到,这一装,居然装了整整七个大麻袋!

这样下去可不行,这么多的信,都不知道里面说了些什么,它们变成了压在卓嘎和央宗姐妹俩心上的一块石头。卓嘎终于下了决心:"等大雪封山前,阿爸到山外去换取粮食的时候,我们一起出去吧,带着这些信件,去县城找个人帮我们翻译一下,看看人家到底对我们说了些什么。"

央宗点点头，很痛快地赞成了姐姐的提议。虽然她们无法回信，但读了这些信，至少也是对写信人的尊重，也可以了结她们心里的一份牵挂。

大雪封山的日子很快来临，桑杰曲巴老人又要外出换取粮食和其他生活必需品了。这一次，老人不再是自己一个人外出，而是带上卓嘎、央宗一起出去。真是好多好多年都没有这样热闹过啦！

这天一大早，卓嘎、央宗姐妹俩把七麻袋书信绑到牛背上，高高兴兴地出发了。

秋高气爽，云淡风轻，一家人一路跋涉，一路说笑，两天后终于来到了隆子县县城。

二十世纪九十年代的隆子县县城和全国各地的县城一样，车水马龙，热闹非凡，形形色色的货物堆满了大街小巷的各家店铺。卓嘎和央宗帮着老阿爸迅速办齐了所有物品，老阿爸就陪着姐妹俩一起来到了县政府，只有这里才有懂汉语的工作人员。

接待他们的县政府工作人员看到七麻袋的书信，吓了好大一跳。他们都知道"三人乡"的故事，都敬重这三位了不起的人，也知道这件事情对这三个人有怎样的意义。于是，他们放下手头的工作，召集所有人，一封一封地把信拆开，一封一封地把里面的汉字翻译成藏语念给姐妹俩听。

老阿爸桑杰曲巴没有猜错，这些信件情感真挚，用词恳切，表达了对阿爸带着姐妹俩这么多年放牧巡边的崇高品质的敬仰和赞美。有些信件还表达了对天生丽质的姐妹俩的爱慕和渴望认识她们、与她们结成秦晋之好的愿望。其中还有很大一部分人表示愿意落户玉麦，与姐妹俩一起肩并肩守护玉麦。

姐妹俩一边静静地听着，一边感受着澎湃的潮水哗啦哗啦在心里翻涌、奔腾。那些优美的文字、美好的情感，那些发自内心的对她们的仰慕和赞美，让她们真切地感受和体会到了人世间那份独特的美好情愫。虽然由于特殊的处境，她们无缘拥有，但这份美好的记忆会一直留在她们心里，伴随此后长长的岁月。

只是，属于她们的那一份特别的姻缘究竟在哪里呢？这一辈子，她们还能等到一个愿意陪她们一起守护玉麦、一起放牧巡边的人吗？

令卓嘎没想到的是，几年后，在一次跟随阿爸一起去扎日山转山①的途中,她遇见了一位名叫巴桑的小伙子。那是一个寒冷的深冬时节。由于每年都会有大量的民众来扎日山转山,这里的山谷边自然而然地就踩出了一条窄长的小道。卓嘎和阿爸来到转山小道上时,这里已经聚集了不少转山的民众。当时天空中飘着大雪,天色晦暗,能见度极低。卓嘎走着走着,突然发现自己与阿爸走散了,心里非常着急。

可是,在这样的天气里,眼睛、耳朵都失去了作用,想找人是不可能的,只能到阿爸以前转山时必定会歇脚的路边那家茶馆里等着。

等啊等,却一直没能等到阿爸。正当卓嘎急得六神无主的时候,阿爸迎面走了进来,他满脸都是疲惫,旁边还跟着一位年轻人,也是一脸疲惫。

原来,在跟卓嘎走散后,阿爸桑杰曲巴感觉有点体力不支,渐渐地落到了人群的最后面。正是这位年轻人向阿爸伸出了援助之手,一路搀扶着阿爸走到了这里。其间,当他们走一段陡峭险峻的路

---

① 藏族地区一项历史悠久的传统风俗习惯。

时，阿爸一脚踏空，差一点儿掉下悬崖。幸亏这个年轻人眼疾手快，一把拽住了阿爸的衣服，拼尽全身力气把他拉了上来。

年轻人得知他们父女俩就是他在新闻里看到过的"三人乡"的守边人时，对他们充满了崇敬之情和亲切之意。

山不转水转，水不转人转。也许，这就是卓嘎等到三十多岁才遇到的缘分。

第二年的转山季节来临的时候，巴桑欣然接受了桑杰曲巴老人对他发出的工作邀请，来到玉麦，帮助桑杰曲巴老人一起放牧，成为玉麦乡的新成员。后来，巴桑成为陪伴卓嘎一起守卫家园的爱人。

又到放牧巡边季

家里来了新成员的日子,好像过得特别快。一眨眼的工夫,冰雪消融,春回大地,高山牧场放牧的季节又一次来临了。

卓嘎、央宗姐妹俩手脚麻利地收拾好家里所有的家当,由巴桑一一放到牛背上,然后和桑杰曲巴老人一起,赶上家里庞大的牛群,转场迁往高山牧场。

巴桑是个又勤快又能干的小伙子,他不仅会管理牛群,还会做各种各样的活计:挤牛奶,捻毛线,制作酥油和奶渣,他甚至还能烧一手好饭菜呢。他的一言一行、一举一动,已然赢得了卓嘎的芳心。而巴桑本人,在第一次见到卓嘎时,就被她那清秀端庄的容貌和放牧守边的精神所打动。像家人一样在一起相处过后,巴桑更是坚定了要留在玉麦陪伴在卓嘎身边的决心。

在整个放牧季,巴桑加入了桑杰曲巴一家放牧巡边的活动,成为其中新的重要的一员。

当第一次随着桑杰曲巴一家人把庞大的牛群赶往边境,站在那一片青草长势茂盛、一眼望不到尽头的高山牧场上的时候,巴桑就感到了一股强烈的责任感。

"这就是你们一家几十年守护着的地方啊!"巴桑感慨万千地说。

卓嘎点点头:"这里只是其中的一处,玉麦很大很大,我们到现在也还没有走遍所有的地方呢。"

巴桑指着对面的山谷,悄悄地问:"印度兵是不是就藏在那里面?"

卓嘎笑了,露出一口整齐的白牙,她耐心地告诉巴桑:"他们不会总是藏在那里。他们会时不时地跑过来,如果他们看到我们这里一直没有人,没有牛群,空荡荡的,就会以为这块土地我们不要了，他们肯定就会跑过来占领我们的家园。"

巴桑点点头:"我明白了，所以我们才要时不时把牛群赶过来，让它们在这一带活动。"

桑杰曲巴老人说:"在印度人眼里，牛是一种神灵，是他们崇拜的动物，我们的牛群在这里巡边，就像了不起的战士一样，对印度人也是一种威慑。"

央宗快言快语地接着阿爸的话说:"我们玉麦的牛就跟人一样了不起，我们玉麦的牛是从来不吃，从来不卖，从来不杀的。"

巴桑说:"这一点我知道，我来之前就听说过了，我还听卓嘎说，你们还给每一头牛都起了名字呢。"

央宗点点头，拍拍一头在她身边蹭来蹭去的小牛的头，说:"小卓嘎，你在这里蹭什么?还不赶快去吃草!吃完草跟我们一起去巡边，知道吗?"

小牛欢快地跑走了。

哈哈哈，原来这头小牛居然叫小卓嘎。

卓嘎笑着告诉巴桑:"这头小牛是我接生的，从小就跟我特别亲近，所以就干脆叫它小卓嘎了。"

"可惜的是，玉麦现在的人还是太少了！"巴桑遗憾地说。

"放心吧！以后玉麦的人会越来越多，玉麦也会越变越好的！"桑杰曲巴老人看着眼前连绵不绝的草场，朗声说道。

"阿爸一直这样告诉我们，我们相信阿爸的话。你看，过去十几年这里一直就只有我们一家三口人，现在不是有几户人家都搬过来了？"卓嘎说。

"阿姐说得对！而且，现在还多了一个叫巴桑的小伙子呢！"央宗笑嘻嘻地说道。

巴桑大声说："没错！现在又多了一个巴桑！现在，巴桑要去插国旗啦！"

巴桑从怀里掏出国旗，高高兴兴地迎风展开。能和桑杰曲巴老人一家一起将这面鲜艳的五星红旗插在边境上，巴桑真是太自豪了！

他们这次带着的国旗，不再是阿爸桑杰曲巴自己缝制的了，而是他们从拉萨买回来的。

桑杰曲巴老人一直有一个愿望，就是去一次拉萨。后来，卓嘎和央宗两姐妹下决心带阿爸去了一次，总算完成了阿爸的心愿。在准备返程的时候，一家三口想买点东西带回来，口袋里的钱却非常有限。东挑西拣一番后，他们放弃了好吃的糖果和好看的衣服，一致选择了国旗！

在桑杰曲巴老人的首肯下，巴桑、卓嘎、央宗三人一起将国旗牢牢地插到一个山头上。

在整个夏季，他们放牧巡边，每到一处就会把带过去的国旗插在那里。站在辽阔的土地上，望着迎风飘扬的五星红旗，巴桑一次又一次地感受到"国"与"家"之间真真切切的血脉关联，深切地体会到，作为一位守边人，需要一种怎样豪迈而博大的情怀。

他愿意成为其中的一员，一辈子坚守在这块特殊的领土上。

在这之前，妹妹央宗也找到了人生的另一半，建立了美满的小家庭。桑杰曲巴老人多年来为两个女儿的婚事悬着的心，终于放下了。而玉麦，也正因为年轻人的到来，增添了更加活跃与祥和的气氛，放牧巡边、守卫家园的队伍越来越壮大。

深山里的琅琅书声

自古无路的玉麦乡终于通公路了!

那是二〇〇一年,桑杰曲巴老人这辈子最大的心愿——玉麦能有一条公路通向外面的世界——终于实现了!

那是一条从隆子县县城通到玉麦乡的沙土公路,跨越了几座巍峨的大山,一路盘桓,一路起伏,一会儿下到谷底,一会儿又攀到山腰。它就像一条天路,将被高山阻隔的玉麦更紧密地与祖国大地联系在了一起。

乡长卓嘎、副乡长央宗搀扶着桑杰曲巴老人,带领全乡所有居民,一起站在乡政府门口,亲眼见证第一辆汽车顺着新修的公路开进了玉麦,停在了他们面前。

那一刻，欢声雷动。桑杰曲巴老人深情地抚摩着第一辆开进深山里的"铁牦牛"，亲手给它系上了洁白的哈达[①]。卓嘎、央宗姐妹俩跟着老父亲一起，流下了幸福的泪水。

从此，他们结束了骑着马翻山越岭几天几夜才能走出玉麦的艰辛岁月，走上了现代交通的快车道，外面的世界也沿着公路一步一步向他们走来。

也就是在这一年，桑杰曲巴老人走完了他七十七年丰富而充满传奇色彩的人生道路，告别了他坚守了一生的玉麦。

含泪送别了父亲，卓嘎要面对的是一个与外界接通了的新的玉麦。

现在，玉麦已经有了七户人家，二十多口人，其中有一群大大小小的孩子。虽然通了公路，但孩子们上学、老人们看病还是极其不方便。有生活自理能力的大孩子可以到山外去上学，吃住都在学校，但刚到入学年龄的孩子，还没有生活自理能

[①] 藏族和部分蒙古族人表示敬意和祝贺用的长条丝巾或纱巾，多为白色，也有黄、蓝等颜色。

力,该怎么办呢?

玉麦必须要有一所小学,至少让孩子们在这里读完一、二年级,年龄大些再送到外面的学校去读书。

经过乡长卓嘎和乡党委书记几年来的多次申请,二〇〇七年,玉麦乡终于可以拥有自己的第一所小学了。学校虽然不是一所六年制的完全小学,只设一、二年级,但这是玉麦人自己的小学!到了上学年龄的玉麦孩子,终于可以在自己的家门口上学了!

藏历新年过后,学校就要开学了,隆子县教育局派来的任课老师就要来了。

这几天,卓嘎一直在进入玉麦谷底的山道口,等候着县教育局派来的第一位老师。

等了两天,还不见老师的踪影。

乡亲们急了,现在有五个孩子等着上一年级呢!

"该不会是泡汤了吧?"不管家里有没有孩子等着上学,全村人都围着卓嘎,心急如焚。

"不可能的!县教育局已经明确告诉我们,有两位同志两天前就已经陪着新老师一起出发了，他们还带上了孩子们上学要用的课本呢，肯定是被堵在路上了。"卓嘎宽慰着所有人，也宽慰着自己焦虑的心。

现在是冬季，大雪把山上的道路都淹埋了。如果可以开车进来，一天的时间就够了。但现在大雪封山，只能靠人的两条腿，加上马匹，不走几天，确实是到不了。

第三天的傍晚，县教育局的两位同志和新老师终于到达了玉麦。他们随身携带了很多行李，除了学生们的课本、练习本、粉笔等教学所需的书本和用品，还有新老师的铺盖卷、衣物、锅碗瓢盆等基本的生活必需品。

前来迎接的卓嘎、央宗和乡亲们一看，吓了一大跳！这新老师看上去就是一个娃娃呀！

这位老师名叫巴桑次仁，还真就是一个刚高中毕业的大娃娃，刚满十八岁，个子不高，脑袋圆圆的。他报名参加了县里的代课教师招聘考试，一下就考上了。因为没有人愿意来玉麦，他就来了。

可是在来的路上，巴桑次仁就被吓住了，翻山越岭，天寒地冻，山高雪深，整整花了三天的时间才走到啊。巴桑次仁那还没发育完全的身子骨，差一点儿就冻坏了。

卓嘎心疼地拍了拍这位新老师的后背，告诉他："别怕，玉麦现在已经变得很好了，以后还会变得越来越好的！"

巴桑次仁偷偷地揩了一下眼角，擦去不知何时流下来的委屈的泪水，睁大眼睛看着这位在电视上见过的卓嘎乡长。已经四十多岁的卓嘎乡长比电视里的看起来更老一些，岁月的风霜已经在她端庄秀丽的脸上隐隐地留下了一些痕迹，但她那一头黑发依旧茂盛浓密，一双眼睛依旧清澈有神，在她娇小的身躯里，好像蕴藏着使不完的精力和激情。

听着卓嘎乡长的安慰，巴桑次仁忍不住使劲点了点头。

乡里没有校址，没有教室，卓嘎就在乡政府办公的地方腾出来两间房子，一间当作教室，一间当作巴桑次仁老师临时的家。

有了教室，除了巴桑次仁带来的东西，教学所需的其他东西一概没有，连课桌椅和黑板都没有。

为了解决课桌椅的问题，每位学生自己想办法，从家里带一张牛毛毡子和一把凳子过来。孩子们坐在牛毛毡子上，课本和练习本放在凳子上。

没有黑板可怎么办呢？巴桑次仁老师总不能在空气中写字呀！

怎么办？自己做！玉麦不是有很好的木匠师傅吗？大家想起了央宗的丈夫仁增晋美。

卓嘎和央宗一起找到仁增晋美，说了黑板的事情。仁增晋美乐呵呵地说："放心，放心，我一定给咱们玉麦小学做一块又长又大又厚的漂亮的黑板！"

在玉麦，木材有的是，挑两棵大大的柏树，砍下最粗的中段，锯成一块块厚实的板子。把每一块板子都刨得光溜溜的，再把它们拼接起来，往上面涂上一层黑亮的油漆，一块又长又大又厚的黑板真的做出来了！

玉麦历史上的第一所小学，就这样开学了。

五个娃娃，一个班，两个矮一点儿的坐前面一排，三个高一点儿的坐后面一排。他们睁着亮晶晶的眼睛，好奇地看着横在他们前面的那块巨大的黑板和站在黑板前的那位圆头圆脑的小老师。

巴桑次仁老师使出浑身解数，一个人担任了一年级语文、数学、体育、美术等所有科目的教学工作。

卓嘎的二女儿正好七岁，成了玉麦第一所小学中仅有的五名学生中的一员。

卓嘎、央宗和玉麦乡所有居民都聚集在乡政府，站在教室门口。他们屏住呼吸，静静地聆听。当听到教室里传来稚嫩动听的"a、o、e"的念拼音的声音时，每个人的脸上都绽开了大大的笑容。

这天放学，每个孩子都高高兴兴地带回去一张纸，上面是他们自己写的今天学的几个拼音，下面盖着一枚鲜红的奖章。

卓嘎拿着女儿的作业，非常新奇地左看右看，这是她第一次见到汉语拼音，而那个奖章，更让她感到新奇，这是从哪里来的呢？老师怎么会有这么新鲜时髦的玩意儿？

直到第二天，卓嘎见到巴桑次仁老师时，这个谜团才解开。原来，那枚奖章居然是巴桑次仁老师自己想方设法制作的——他在自己带来的手电筒的底端蘸了印泥，然后盖到孩子们的作业纸上，就变成一枚枚"奖章"了！

"这是给孩子们第一天上学的奖励。"巴桑次仁老师笑着说。

卓嘎这下子放心了，有这么充满爱心的老师，不愁孩子们没出息，不愁玉麦的下一代不会茁壮成长了！

新的玉麦守边人

随着道路的开通和人口的增加,玉麦的基础设施建设也在一步一步地实施和加强,玉麦的变化越来越大了。在乡长卓嘎、副乡长央宗和玉麦乡党委书记的共同努力下,玉麦不仅有了自己的学校,还一步步地建立了卫生院、广播通信站、小型发电站等基础生活设施。最要紧的是,二〇一一年,玉麦还设立了公安边防派出所。这片历史上多灾多难、被高山阻隔的雪域边陲变得更加稳定,边防守卫工作也变得更加科学与规范。

虽然生活条件有了进一步提高,一些新搬迁来的住户还是有很多不适应的地方。他们不适应这里几乎每天雨雾弥漫、很难见到太阳的天气,不适应这里长不出庄稼、几乎所有生活物资都要从外面运进来的生活方式，更无法理解冬天大雪封山半年多、虽然有路却依旧无法进出的事实。他们尤其不能理解的是，现在已经有公安边防战士了，怎么卓嘎乡长还要赶着牛群去巡边，并动员大家一起去。

现在的玉麦真的像当初阿爸桑杰曲巴说的一样，人越来越多，发展越来越好了，但是，人多了，想法就多了，大家的这些不满和议论，卓嘎和央宗也听到了。作为玉麦乡居住时间最长、资历最老的居民和乡干部，卓嘎和央宗觉得自己有责任安抚他们的情绪，消除大家的困扰。姐妹俩带上自己做的香喷喷的酥油和奶渣，一家一家去拜访新搬迁来的居民，跟他们拉家常、聊天，回答他们的疑问，解除他们的困惑。

姐妹俩被问得最多的是这样一个问题："天哪，你们当初三个人，这么多年来一直守在这里。你们阿妈还在的时候，你们一家人就已经在这里住了十几年，你们究竟是怎么做到的？"

卓嘎和央宗总是从爷爷那一辈讲起，讲当时爷爷带着村里人跟印度兵面对面的抗争，再讲到阿爸桑杰曲巴踏着满是雪水的泥泞小道，一遍遍巡山的情景。阿爸桑杰曲巴说得最多的话就是："如果我们走了，这片国土上就没有人了！玉麦再苦，也是中国的土地，是我们的家，不能丢掉自己生长的地方。"

当讲到姐妹俩每次跟着阿爸去巡边，在那里插上自己制作的五星红旗，让鲜艳的五星红旗在青山翠树间迎风招展的时候，每个居民的眼里，都闪现着自豪和崇敬的光。

"虽然有边防战士，但边境很大，如果我们这么多居民经常去那边放牧，让我们的牛群散布在那边的山岗，让对面看到我们烧着牛粪煮奶茶，看到我们有滋有味的生活，他们也就不会再打我们的歪主意了。我们如果在放牧时发现了一些异常情况，还可以及时报告给我们的边防战士，跟边防战士一起守卫我们的家园！"

这一席话感人肺腑，每个新来的居民都被卓嘎和央宗姐妹俩深深地打动了。大家纷纷表示以后要跟着卓嘎一起去巡边。卓嘎和央宗欣慰地点点头，阿爸桑杰曲巴如果能看到今天这一幕，一定也会非常欣慰吧!

此后,全村人自愿地组织了集体巡山队伍,隔一段时间就要去边境各处巡视。

这一次,卓嘎和央宗带着大家来到一处山口。以前,阿爸桑杰曲巴经常带着她们到这里,这是每年必来的重点巡视点。

此时正是夏季林木茂盛、水草丰美的好时节,每家每户的牛群像星星一样散布在绿草如茵的山坡之上,惬意地享受着大自然的慷慨赠予。

卓嘎和央宗则带领大家在边境沿线仔细察看。

大家陆陆续续地发现了地上有饮料罐、烟头、废纸屑等垃圾,那上面都写着他们看不懂的外国字。

果然这里最近有人来过了!

大家都紧张起来,特别是新来的居民,生怕身边突然就跳出来一个背着大枪的印度兵。

"不要担心,我们在这里放牧,他们不敢怎么样。"卓嘎一边安抚大家,一边扭头对央宗说,"看来得去一趟边防派出所,向部队报告这里的情况。"

巴桑说:"你们就留在这里吧,我去报告。"

仁增晋美说:"我跟巴桑一起去。"

卓嘎摇摇手:"还是我去吧,我熟悉一条小路,走得快。你们就留在这里带领大家继续放牧,一会儿选一个好地点,把我们的国旗挂上去!"

巴桑和仁增晋美一起点点头:"那你小心点。"

央宗说:"还是我跟姐姐一起去吧,有个伴儿好一点儿。"

卓嘎笑着点点头。这姐妹俩从来都是一起巡山、一起放牧的。姐姐一个人去,央宗还真有点不放心呢。

大家一起目送着姐妹俩下山,转眼间她们就消失在丛林里。

一个新来的小伙子有点激动地问:"我可以去挂国旗吗?"

巴桑点点头,郑重地把国旗交给他。

小伙子选了一棵高高的柏树,噌噌噌地爬上去,把国旗牢牢地绑在一根枝丫上。

大家一起站在原地,向国旗深情地行注目礼。看着飘扬在边境上的五星红旗,每个人的心里都升腾起一股热烈的情感。

飞向北京城的雪域之音

卓嘎经常看新闻联播，每次看电视里播放的新闻，卓嘎总是能看到习近平总书记到边远山区看望慰问群众、跟群众亲切交谈的画面。云南、贵州、四川、陕西……大家亲热地围着习近平总书记，汇报着村里的春耕秋收，谈论着家乡的发展变化，展望着未来的美好日子。卓嘎总是忍不住想，不知道习近平总书记知不知道我们这个地方啊，他会不会到我们这里来看看呢？……我们这么远的地方，即使是通了公路，可交通还是不方便。玉麦乡距离隆子县县城直线距离不过四十公里，但由于高山连绵，地势起起伏伏，公路的里程约一百九十七公里，开车也得六七个小时，一路弯弯绕绕，颠簸不已。在雨水丰沛的季节，时不时还有泥石流或者山洪，影响公路的畅通；到冬天，依然是大雪封山封路，大家只能"望路兴叹"。可是，我们这个地方多么特别呀！曾经，这么大的地方就我们一家三口。现在，生活条件越来越好了，已经有越来越多的人家定居在这里，大家依然过着放牧巡边、守家卫国的日子。这里有了学校，有了医院，还新建了发电站，以前靠酥油灯照明的日子一去不复返了。每到夜晚，大家都可以用上明亮的电灯，还可以看电视，使用各种家用电器。这些巨大的变化，习近平总书记知道吗？

多么羡慕那些电视里的群众啊，他们可以把自己家乡的情况向习近平总书记汇报。如果她和央宗也有一个机会跟习近平总书记说说玉麦，说说这么多年放牧巡边的感受，说说玉麦这些年的变化，那该多好啊！

听了姐姐的心愿，央宗宽慰姐姐："也许我们能盼到那一天！"

一个念头突然跳到卓嘎的脑海里：写信！给习近平总书记写一封信！告诉习近平总书记，在中印边境地区有这么一个叫玉麦的地方,原来是一家人,现在是一群人在这里放牧巡边,守护着自己的家园……

"这个主意太好了!姐姐,我们一起写!"央宗激动地抱住了姐姐的肩膀。

这个时候,时间的脚步已经来到了二〇一七年十月,正值党的十九大召开前夕。卓嘎在六年前就已经卸任玉麦乡乡长之职了,央宗也已经卸任副乡长的职务,但是守护了玉麦五十多年的卓嘎和央宗一直都在关注着玉麦的发展变化,她们是玉麦永不卸任的守护者。

说干就干!姐妹俩你一句,我一句,反复斟酌,先商量好要写的内容,然后找来会写汉语的巴桑次仁老师,请他把她们的话翻译成汉语,写成了一封信。在信里,她们告诉习近平总书记玉麦的过去和现在,诉说了几十年来放牧巡边的感受,讲述了玉麦现在发生的翻天覆地的变化。她们在信中还向习近平总书记保证,只要她们人在,就一定会继续放牧巡边,守护家园,请总书记放心!请国家放心!

信寄出去了，姐妹俩的心愿也了了。

把信寄出去后，她们时不时地会猜测那封信能不能到达习近平总书记手里，习近平总书记会不会看她们那封信呢？唉，习近平总书记那么忙，要操心国家和世界上那么多的大事，他哪里有空来看这么一封小小的信件啊！

谁也没想到，二〇一七年十月二十九日的晚上，卓嘎突然接到了隆子县政府领导打来的电话。在电话里，县政府领导告诉她，他们接到了西藏自治区党委宣传部的来电，得知习近平总书记不仅收到了姐妹俩的信，还给她们回信了！明天，西藏自治区的领导就要从拉萨出发到玉麦来，将习近平总书记的回信带给她们，并看望和慰问她们以及所有玉麦乡的村民。

那一刻，卓嘎简直不敢相信自己的耳朵。

那天晚上，卓嘎和央宗两姐妹激动得久久无法入睡。

第二天，这个巨大的喜讯就迅速在乡里传开了，乡里的干部、牧民群众，还有驻守在这里的广大公安干警和边防战士，大家奔走相告，又一起来到卓嘎、央宗姐妹俩家里，向她们表示热烈的祝贺。

第三天，临近中午的时候，西藏自治区的领导经过一天半的奔波，终于来到了玉麦。

卓嘎和央宗两姐妹早早地就换上了一身平日里舍不得穿的漂亮的节日盛装，等候在乡政府门口。现场聚集了各级领导和牧民群众，大家都围在她们身边，也一起等候着。

在一阵雷鸣般的掌声和欢呼声中，自治区的领导快步地走到卓嘎和央宗两姐妹的跟前，跟她们紧紧地握手，随后便神情庄重地打开习近平总书记的信，大声宣读起来——

卓嘎、央宗同志：

你们好！看了来信，我很感动。在海拔3600多米、每年大雪封山半年多的边境高原上，你们父女两代人几十年如一日，默默守护着祖国的领土，这种精神令人钦佩。我向你们、向所有长期为守边固边忠诚奉献的同志，表示崇高的敬意和衷心的感谢。

家是玉麦，国是中国，放牧守边是职责，你们这些话说得真好。有国才能有家，没有国境的安宁，就没有万家的平安。祖国疆域上的一草一木，我们都要看好守好。希望你们继续传承爱国守边的精神，带动更多牧民群众像格桑花一样扎根在雪域边陲，做神圣国土的守护者、幸福家园的建设者。

十九大刚刚召开，党将带领各族群众创造更加美好的生活。我相信，在大家的共同努力下，玉麦这个曾经的"三人乡"，一定能建成幸福、美丽的小康乡，乡亲们的日子也一定会越过越红火！

习近平

2017年10月28日

回信宣读完毕，全场再次响起雷鸣般的掌声。

卓嘎眼含热泪，激动地接过习近平总书记的来信。没想到，自己这么一个边远山区的牧民，这么一个普普通通的举动，竟然得到了党中央和习近平总书记的肯定和关怀，并且习近平总书记还在百忙之中亲自回信了！

"请您向习近平总书记汇报，虽然我和央宗已

飞向北京城的雪域之音

经退休了,但我们会一辈子坚持放牧巡边,和我们的边防战士一起,和我们玉麦所有的乡亲一起,守卫我们的国土和家园!请习近平总书记放心!扎西德勒①!"卓嘎坚定地说道。

啊,如果阿爸桑杰曲巴能知道他年轻时候的选择、坚持和一辈子带着女儿们对家园的守护会换来今天玉麦翻天覆地的变化,会得到党和国家领导人的肯定和赞扬,他该是多么高兴与自豪啊!

---

① 藏语,意为吉祥如意。

站在天安门广场上

二○一八年一月一日，新年伊始，万象更新。清晨七点半，北京，庄严壮丽的天安门广场上来了几位特殊的客人，他们是卓嘎、央宗和央宗的儿子索朗顿珠。

二○一七年底，接到中央电视台录制访谈节目的邀请，卓嘎、央宗两姐妹第一次走出青藏高原，来到了祖国的首都北京。姐妹俩接受了中央电视台的采访，并登上了天安门城楼。站在天安门城楼上，望着雄伟的天安门广场，望着人民大会堂、毛主席纪念堂、人民英雄纪念碑、中国国家博物馆，姐妹俩心潮澎湃，激动难抑。她们做梦也想不到有一天自己能站在祖国最庄严神圣的地方，亲身感受伟大祖国的壮丽辉煌。

当卓嘎和央宗的目光落到高高地飘扬在天安门广场上空那面鲜艳夺目的五星红旗的时候，姐妹俩忍不住热泪盈眶。

啊，五星红旗！她们想起了过去几十年，多少次，在那辽阔的边境，在那广袤的草原，在自家那简陋的小土屋前，她们和阿爸一起，和亲人们一起，和后来加入守边的乡亲们一起，一次又一次升起的五星红旗！如果能站在天安门广场上亲眼观看一次神圣的升国旗仪式，如果能站在祖国的心脏，听着雄壮的国歌，看着我们威武的国旗护卫队战士升起鲜艳的五星红旗，她们的那份心情、那份感慨、那份激动，是任何语言也难以形容的吧！

几天后，在二○一八年新年的第一天，卓嘎和央宗姐妹俩终于如愿以偿。

卓嘎和央宗换上了颜色亮丽、做工精细、喜气洋洋的藏族传统节日服饰，头上戴着黑底上绣有美丽金色图案的圆筒平顶帽，脖子上围着一条宽大的、有着大红大黄色彩和圆形大花纹的漂亮围巾。索朗顿珠头戴一顶俏皮可爱的羊羔皮帽，身穿滚着金边的黑色小袄，显得英俊又潇洒。三个人一起手拉着手，在微露的晨曦中来到了天安门广场。

对于他们来说，这可真是在过最盛大的节日呀！

七点多的清晨，天还没有完全放亮，在朦胧的天光里，在游客们安静的期待中，卓嘎努力抑制着自己万分激动的心情，静静地凝望着天安门城楼，凝望着那高高的旗杆，等待鲜艳的五星红旗在祖国的心脏高高升起的那一刻。

她难以抑制地想起了自己小时候第一次跟着阿爸一起升国旗的情景。阿爸唱着一首她从来没有听过的歌，一边拉动绳子，一边凝望着那面冉冉升起在玉麦上空飘扬的鲜艳的红旗。那是卓嘎第一次知道阿爸升起的是我们国家的国旗，阿爸唱的是我们国家的国歌。

她难以抑制地想起了自己担任玉麦乡乡长以后，跟妹妹央宗一起升起的那面鲜艳的五星红旗。飘扬的国旗啊，就像一个无声但充满威严的战士，宣示着自己对领土所拥有的主权。

她还想起了她一次一次带领玉麦乡的居民，大家一起赶着牛群、扛着五星红旗放牧巡边的场景。每次，他们都要找一个最好的地方，将国旗高高地悬挂在那里，让那一团鲜红在天空大大地书写"中国"两字。

现在，站在祖国的心脏，面对天安门城楼，观看国旗升起，这份期待、这份感怀、这份自豪，真是无以言表！

如果阿爸桑杰曲巴也能站在这里，站在天安门广场上，观看升旗仪式，那该多好啊！

卓嘎抬起双眼，望向万里无云的澄澈的天空，思绪万千。如果阿爸知道自己的女儿，还有他的外孙，一起来到了北京，来到了天安门广场，即将亲眼看见国旗升起，阿爸会多么多么地高兴和自豪啊！

突然，人群里传出一阵低语。原来是国旗护卫队的战士们迈着整齐有力的正步，护送着国旗走出来了！卓嘎目不转睛地看着战士们一步一步走到旗杆跟前。只见升旗手双手托着五星红旗，用力一抛，五星红旗的一角在空中划出一道优美而有力的弧线，伴随着雄壮的国歌声，那面巨大鲜艳的五星红旗冉冉升起在蔚蓝色的天空中。

卓嘎嚅动双唇,跟现场群众一起齐声合唱国歌,两行热泪顺着脸庞缓缓地、缓缓地流了下来……

人民的代表

时隔两个月,二〇一八年三月,卓嘎第二次来到了北京。

这一次,妹妹央宗和外甥索朗顿珠都没有来,而卓嘎不再是普通的被采访对象和城市观光者——她是作为光荣的第十三届全国人大代表,代表着雪域高原千千万万的牧民,来到北京参加全国人民代表大会的。

从一个普通的牧民到一名光荣的全国人大代表,从祖国西南边陲曾经荒凉的玉麦乡走进位于首都北京的人民大会堂,卓嘎在激动之余,更深知自己肩负的重大使命。

她永远也无法忘记,当她迈进庄严神圣的人民大会堂那一刻激动难抑的心情。她更无法忘记,当她站在人民大会堂的会议大厅,看到习近平总书记向大家走来时的那份难以抑制的兴奋幸福之情。卓嘎用刚刚学会的汉语一字一顿地说:"习近平总书记,您好!"当身边的代表告诉习近平总书记她就是卓嘎时,习近平总书记就问是不是玉麦乡的卓嘎。卓嘎没想到习近平总书记不仅记得玉麦乡,还记住了她的名字,她激动得一边连连点头,一边说着"扎西德勒"来回应习近平总书记的关心。

来参加会议前,卓嘎原本有点担心语言不通,难以和大家沟通和交流。会议开始后,卓嘎看到会议现场不仅配有专门的藏文版资料,还有同声传译,西藏代表团内还有专门的翻译人员,她完全放心了。整个会议期间,卓嘎用心听着,用心记着,她要把会议精神带回西藏,带回玉麦,她要向广大群众充分地宣讲会议精神。

会议期间,卓嘎给大家介绍了玉麦早些年的情况和现在发生的巨大变化,特别是从"三人乡"的放牧守边到现在有公安边防派出所的守家卫国,从以前的无电无网络到现在国家电网进驻,网络覆盖了玉麦的每一个角落，玉麦这块镶嵌在祖国西南崇山峻岭之中的土地，现在跟祖国其他地方完全同步了。

三月十一日，当卓嘎在工作人员的引领下走进代表通道时，她深深地感受到，她此刻不是代表她自己，她代表着玉麦的广大群众，代表着隆子县的广大群众，代表着西藏自治区的广大群众。面对层层围着的记者，面对架在眼前的各种大大小小的摄像机，身着鲜艳漂亮藏族服饰的卓嘎，一点儿也不怯场，她落落大方、言简意赅地用藏语回答了所有记者的提问。

有一位记者问道："我刚才看见您配了一名翻译，可能您不太懂汉语，只能用藏语交流。那么请问，在这次大会上，您是如何履行代表职责，建言献策的？谢谢！"

身边的翻译把记者的问题翻译成藏语传达给卓嘎。对着话筒，卓嘎面带微笑，眼睛里闪着亮光，回答了记者的问题，她说："我面前有各种藏文版资料，身边有翻译可以随时沟通，虽然我不太懂汉语，但我会及时领会会议精神，会传达藏族人民的心声，我一定能够履好职、尽好责、开好会。"

还有一个记者问："我们知道去年您给习近平总书记写了一封信，介绍玉麦乡的情况，总书记也给你们回了信。我们特别关心的是，现在玉麦乡的情况怎么样了？"

卓嘎满面笑容地回答："我们玉麦乡的变化可以说是翻天覆地的，我们通往外界的公路通了，我们有电了，自治区党委正在给我们建小康村的新房，我们村里有商店，有餐馆，有民宿，我们买东西不需要用现金，可以直接用手机扫二维码支付。"

最后，卓嘎深情地说："我们要感谢习近平总书记，感谢党中央，我们一定会继续守护好祖国边境的一草一木，我们有信心把我们的玉麦建设得像格桑花一样美丽！"

卓嘎的话，不仅说出了她自己的心声，也说出了玉麦乡所有牧民群众的心声，说出了青藏高原全体守边卫国的战士和人民群众的心声！

最美的图画

站在一座位于半山腰的观景台上,四周云雾缭绕,如临仙境。放眼下望,只见在高耸的群山环抱之中,坐落着一片美丽的村庄。在周围团团翠绿的簇拥下,沿着一条翻腾着白浪的、奔腾不息的河流的岸边,一幢幢造型别致、色泽鲜亮的藏式小楼高高低低、错落有致地排列着,一眼望去,就像是一幅由大自然之手涂画出的巨型油画。

这就是现在的玉麦。在习近平总书记给卓嘎、央宗姐妹俩回信后,在卓嘎从北京开会回来后,玉麦发生了更大更多的变化。

到二〇二〇年,曾经的"三人乡"已经发展成了六十七户共二百三十四人。村里所有居民都住上了新的房子。这些漂亮的藏式民居都是由国家统一建设的，内部采用轻钢龙骨架构，既稳固又结实。民居的式样既统一体现了藏式建筑的特征，又各有不同，从门窗的细节到色彩的运用，都精致而美丽。除了民居建设，从二〇一八年开始，玉麦还同时进行了边境小康村及配套设施的建设，排水系统、通信设施、崭新的小学和幼儿园、漂亮的中心公园等公共服务设施应有尽有。特别令人欢欣鼓舞的是，二〇一九年，国家投入超五亿元，将玉麦通往曲松村的曲玉公路改建成柏油路，并配备养路工人定期养护，这一举措终于解除了玉麦每年冬季大雪封山的困扰。玉麦乡的群众再也不用担心长达半年多的时间被大雪封在乡里，出也出不去、进也进不来的情况发生了！

卓嘎、央宗两姐妹在"三人乡"时期和阿爸桑杰曲巴一起居住的那个老屋，还保存在那里，成为山南市委党校干部培训现场教学点。在旧居的附近，是卓嘎和央宗两姐妹的新居，是两栋很大、很漂亮的二层藏式楼房。

现在的卓嘎已经是六十多岁的老人了，妹妹央宗也已经年过六旬。姐妹俩有时还会结伴去巡边，但更多的时候是村里的年轻人接过了巡边的担子。

卓嘎的大女儿巴桑卓嘎、央宗的儿子索朗顿珠在大学毕业后，都陆续回到了玉麦。作为有知识的年轻人，他们义不容辞地投身家乡建设，成为新一代神圣国土的守护者。

这天天还没亮，卓嘎的大女儿巴桑卓嘎就起床了。巴桑卓嘎大学毕业后回到玉麦乡纽林塘村，成了一名乡村振兴专干。今天，她要跟着乡亲们一起去巡边。

巴桑卓嘎背上了饼子、糌粑、风干牛肉等干粮和帐篷。这一次，他们要到很远的地方去，来回要七八天的时间。

隔壁，央宗的儿子索朗顿珠也已经背好了自己的东西。作为一个更有力气的男生，他还背上了一些在路上烧饭煮茶等要用到的炊具。

索朗顿珠是第一个从玉麦乡走出去的大学生，他在大学毕业后本有机会到拉萨市或者山南市工作，但他都放弃了，毅然决然回到家乡，成为玉麦乡政府的一名干部。

"你们怎么样？体力没问题吧？这一次的路不好走。"卓嘎关切地问两个孩子。

这条路，不少地方坡度在七十度以上，上山时要借助绑在树上的绳索，下山时只能屁股着地一点点往前挪。一路行进，会遇到不少困难和危险。

"卓嘎姨妈放心吧！你们当年跟外公巡边，条件那么艰苦都没问题，我们怎么会有问题呢？何况我小时候，还多次跟外公去巡过边呢！"索朗顿珠笑着说。

索朗顿珠永远也忘不了当他还是一个八九岁的小男孩时，跟着外公桑杰曲巴一起去巡边的情景。那时，他还是一个喜欢玩木枪木剑的小男孩，每次听外公、姨妈和自己的阿妈说起巡边的事情，心里总是充满渴望。有一天，外公终于答应带着他一起去，但要求他自己走完全程，不许叫累，更不许哭，他欢快地答应了。没想到，巡边的路是那么远，那么难走。索朗顿珠的脚上都磨出了血泡，但他硬挺着没哭，还好外公一路给他讲故事，讲当年金珠玛米克服缺氧等严重的高原反应，一路修路筑桥、抢通天堑、打跑坏人的故事。终于到达目的地后，他帮着外公一起将五星红旗稳稳地插在一块醒目的高地上。看着鲜艳的旗帜迎风飘扬，他那幼小的心里，充满了自豪。

"我虽然没跟外公去巡过边，但是我什么也不怕，这一次我们有二十几个人一起去呢。"巴桑卓嘎一甩她的马尾辫，说道。

是啊，现在再也不是"三人乡"的时候了，现在的玉麦是一个充满欢声笑语的生机勃勃的玉麦！

卓嘎欣慰地点点头，和央宗一起，目送两位年轻人迈着青春有力的步伐，向巡边集合点走去，汇入到那一支充满活力和激情的年轻队伍之中。

"真没想到，一眨眼，孩子们就长大成人了。"卓嘎感慨地说。

"要是阿爸还在，他该有多高兴啊！"央宗有点伤感。

"阿爸肯定看得到的！你还记得阿爸说过的那些话吗？他说，玉麦以后会有公路，山外的汽车可以一直开进来；国家也会修建漂亮的房子，让很多人搬进来住；还会有金珠玛米驻扎在这里，和玉麦人一起守护边疆。"

央宗点点头:"阿爸真了不起,他当时说的话,现在都实现了,就好像他都看到了一样!不过,有一些阿爸也没有想到。"看着姐姐,央宗还是不改以前的调皮活泼,"阿爸想不到卓嘎姐姐成了全国人大代表,还进了北京城,见到了国家领导人,还当选为党的二十大代表!"

卓嘎看着妹妹,欣喜地说:"阿爸也根本想不到我们家的央宗妹妹入选了'感动中国'人物并获得了'时代楷模'称号,通过中央电视台的节目,从玉麦飞向祖国的四面八方,成为大家都知道的、扎根雪域高原的最美的格桑花!"

央宗被姐姐说得有点不好意思了,她说:"那是跟卓嘎姐姐一起被评选上的。"

是啊,卓嘎和央宗姐妹俩的事迹传播开来以后,各种荣誉接踵而至。在接受这些荣誉的同时,姐妹俩也深知身上的担子更重了。

现在,正值夏季放牧时节,卓嘎和央宗还是继续着她们平凡而踏实的日常生活:她们把帐篷扎在夏季放牧点,每天早上五六点钟就起床,打扫卫生,挤奶,做饭,做酥油和奶渣……一天的时间很快就过去了。

一天下午,卓嘎和央宗接到电话,有一个单位的全体党员要到玉麦来参观学习,邀请她们讲述玉麦的过往和现在的变化,宣讲爱国守边的事迹。

当天晚上,姐妹俩就从夏季牧场回到了玉麦村的家里。她们知道,不管是以前的巡边放牧,还是现在的守边宣讲,都是对家园的守护,都是对祖国边疆的热爱。

她们会认真踏实地做好每一项工作,就像当初一步一步地走在放牧巡边的路上。

正如雪域边陲的格桑花,一季又一季,经风雪,耐严寒,年年绽放在边疆的每一寸土地上。